बन्दिनी

(कविता-संग्रह)

बन्दिनी

(दिल्ली के सेफ़-हाउस में लिखी गयी कविताएँ)

तसलीमा नसरीन

अनुवाद
सुशील गुप्ता

वाणी प्रकाशन

वाणी प्रकाशन
4695, 21-ए, दरियागंज, नयी दिल्ली 110 002
शाखा
अशोक राजपथ, पटना 800 004
फ़ोन: +91 11 23273167 फ़ैक्स: +91 11 23275710
www.vaniprakashan.in
vaniprakashan@gmail.com
BANDINI
by Taslima Nasrin
Translated by Sushil Gupta
ISBN : 978-81-8143-986-4
Collection of Poems

संस्करण 2009, 2010
आवृत्ति 2014
मूल्य : ₹ 125

न्यू कृष्णा ऑफ़सेट, दिल्ली-110 093 में मुद्रित
वाणी प्रकाशन का लोगो मक़बूल फ़िदा हुसेन की कूची से

उत्सर्ग

जो जीवन का जोख़िम उठाकर,
गणतन्त्र के पक्षधर,
जो मानवाधिकार के पक्ष में होते हैं मुखर,
मत प्रकाश की आज़ादी के पक्ष में उठाते हैं स्वर–
उन लोगों को–

मैं किस हालत में जी रही हूँ...

इसे जीना नहीं कहते।

मैंने कोई गुनाह नहीं किया, फिर भी शहर कलकत्ता में मुझे गृहबन्दी करके रखा गया। चार महीने मुझे घर से बाहर नहीं निकलने दिया गया। सिर्फ़ इतना ही नहीं, कभी सीधे-सीधे, कभी बहाने से यह कहा गया कि मैं देश छोड़कर या राज्य छोड़कर कहीं और चली जाऊँ, लेकिन मैं कलकत्ता की मिट्टी से चिपकी रही। मैंने न अपना प्रिय शहर कलकत्ता छोड़ा, न अर्से से सजायी हुई अपनी घर-गृहस्थी छोड़ी। मैं अपना प्रिय शहर छोड़कर कहीं नहीं गयी, क्योंकि यह सब छोड़कर जाने की मुझे कोई वजह नज़र नहीं आयी। मुझे विश्वास नहीं हुआ कि मेरी वजह से शहर में दंगा-फसाद हो सकता है, मेरी वजह से शहर के लोगों की जान को ख़तरा हो सकता है।

मैं तो इस शहर में अपने को सबसे ज़्यादा सुरक्षित महसूस करती हूँ। बिना किसी अंगरक्षक के मैं दिन-दिन भर निश्चिन्त भाव से बेखटके घूमती फिरी हूँ। कभी, किसी दिन भी कोई कट्टरवादी मेरे सामने नहीं आया। जो लोग भी मेरे करीब आये, प्यार से आये। मेरे ख़िलाफ़ आवाज़ उठाने की वजह पूरी-पूरी तरह राजनैतिक है। मैं यह बात पूरे विश्वास के साथ कहती हूँ, कि पिछले इक्कीस नवम्बर के हादसे के साथ, मेरे लेखन का कोई सरोकार नहीं है। अगर कोई सरोकार होता, तो 'द्विखण्डित' किताब से वितर्कित हिस्सा निकाल देने के बाद, मुझे कलकत्ता लौटने दिया जाता।

मैं इस बारे में भी निश्चिन्त हूँ कि इक्कीस नवम्बर को जो लड़के सड़कों पर उतरे थे, उन लोगों में से किसी ने भी मेरी कृतियाँ नहीं पढ़ीं। जिस नफ़रत या गुस्से में उन लोगों ने पुलिस पर ईंट-पत्थर फेंके थे, उसकी वजह कुछ और थी। यह सब इसलिए नहीं हुआ कि मैं कलकत्ता शहर में रहती हूँ, उनका तैश आरोपित था।

देश या राज्य से मुझे खदेड़ने की जो कोशिशें अर्से से चल रही थीं, उसे बाईस नवम्बर को येन-केन-प्रकारण सफल किया गया। लेकिन मैंने ऐसा कौन-सा कसूर किया है? मेरे किस अपराध पर मुझे कलकत्ता में गृहबन्दी रखा गया? किस गुनाह पर मुझे कलकत्ता से निकाल दिया गया? किस जुर्म की वजह से अनिश्चयता,

हताशा और शून्यता लिये, दिल्ली के नाम-पताहीन, एक घर के किसी कमरे में पड़ी हूँ, जिस कमरे से बाहर कदम रखने का मुझे कोई अधिकार नहीं है; जिस कमरे में मेरा कोई आत्मीय या कोई मित्र, किसी दिन भी नहीं आ सकता। मेरे किस दोष पर मुझे हर दिन इस घुटे-घुटे परिवेश में फेंक रखा गया है? इसलिए कि मैं तंग आकर, देश छोड़कर कहीं और चली जाऊँ? अगर ऐसा नहीं होता, तो अपने सामने पराधीनता की बेड़ियों के अलावा मुझे कुछ और नज़र क्यों नहीं आता? आख़िर क्या वजह है कि सैकड़ों अनुनय-विनय के बावजूद, मुझे कलकत्ता नहीं जाने दिया जा रहा है? किस वजह से मुझे दिल्ली में ही सही, स्वाभाविक-सामाजिक जीवनयापन की अनुमति नहीं दी जा रही है? नहीं, दिल्ली में मेरे विरुद्ध, कहीं कोई मीटिंग या सभा नहीं हुई, कहीं कोई जुलूस नहीं निकला। मुझे जान से मार डालने की किसी ने भी धमकी नहीं दी। बल्कि सुशील समाज के सच्चे अर्थों में धर्मनिरपेक्ष, सचेतन लोगों ने मेरे समर्थन में सभाएँ कीं, जुलूस निकाले। बुद्धिजीवी लोग लिखते रहे, लिख रहे हैं। इसके बावजूद मुझे यह बन्दी-जीवन क्यों? अगर कोई मुझे जान से मार डालने की धमकी देता है, तो सुरक्षा-इन्तजाम किए जाने चाहिए, जैसे इस देश के असंख्य लोगों के लिए सुरक्षा-व्यवस्था की जाती है। जीवनयापन ठप करके, कहीं, कोई बैठा है? मेरा जीवन क्यों ठप किया गया है? इसके पीछे आख़िर तर्क क्या है?

वैसे इस दौरान मुझसे किसी की भी भेंट नहीं करायी गयी, ऐसा भी नहीं है। भेंट करायी गयी है, लेकिन जिस ढंग से करायी गयी है, वह अत्यन्त भयंकर है। ऐसा तो शायद फाँसी के मुजरिम या किसी बड़े क्रिमिनल के साथ किया जाता है। मैं अगर अपने किसी मित्र से मिलना चाहूँ, तो जिन लोगों ने मुझे इस जगह रखा है, उन्हें अपनी इच्छा ज़ाहिर करनी होगी और बताना होगा कि वह मित्र कौन है, उसका घर कहाँ है, क्या करता या करती है, मैं क्यों मिलना चाहती हूँ, वग़ैरह-वग़ैरह! इतना सब पूछताछ के बाद, वे लोग मेरा लिखित या मौखिक आवेदन गृह-मन्त्रालय को भेजेंगे। वहाँ जो लोग मेरे बारे में जो फैसले लेते हैं, वे लोग कौन हैं, मुझे नहीं मालूम। वे लोग जवाब के लिए कुछ समय लेंगे। कई दिनों बाद, मेरे आवेदन के उत्तर में, वे लोग मुझे सूचित कर देंगे कि भेंट करना सम्भव है या नहीं! वे लोग अगर मेरी मुलाकात का फैसला लेते हैं, तो इसका निर्देश भी वे ही लोग देंगे कि मैं कब, किस समय, कहाँ, कितनी देर के लिए मिल सकती हूँ। इन सब मामलों में, मुझे कोई आज़ादी नहीं है। इसके बाद, मिलने की जो तारीख-समय, वे लोग तय कर देते हैं, उसके मुताबिक, मुझे काला काँच-लगी गाड़ी में सवार कराया जाता है; गाड़ी किसी तीसरी जगह ले जाई जाती है, गृहमन्त्रालय-नियन्त्रित किसी जगह; वहाँ मुझे बैठाया जाता है। जिस मित्र से मुझे मिलना है, उसे भी उसकी जगह से, ठीक इसी ढंग से, काला-काँच चढ़ाये, दूसरी गाड़ी में बिठाकर,

उस तीसरी जगह पर ले आया जाता है। वहाँ, उन लोगों के ही द्वारा दी गयी मोहलत तक, मैं अपने मित्र के साथ बातचीत कर सकूँगी। वाकई, यह मुलाकात नितान्त रोमहर्षक होती है। इन सबका आख़िर क्या अर्थ है? मारे आतंक, भय और कुण्ठा से मैं सिमटी-सिकुड़ी रहती हूँ। मानो, बस, मैं दम तोड़ दूँ? यह सब सहन न कर पाने की वजह से मैं यह देश छोड़कर चली जाऊँ?

लेकिन मैं यह देश छोड़कर नहीं जाऊँगी, क्योंकि इस देश के अलावा, ऐसा कोई देश नहीं है, जिसे मैं अपना देश मानूँ? वैसे इस देश में मैं ही वह इन्सान नहीं हूँ, जिसे सबसे बड़ी धमकी मिली है। खैर, धमकी तो दुनिया के किसी भी देश में, कोई भी दे सकता है। पिछले तेरह वर्षों से मुझे एक देश से दूसरे देश, दूसरे देश से तीसरे देश घूमना-भटकना पड़ा है। मैं जितनी कट्टरता की धमकियों की शिकार हूँ, उससे कहीं ज़्यादा मैं कट्टरता-पोषण की राजनीति की शिकार हूँ। बांग्लादेश के कट्टरवादियों ने मुझे देश से नहीं निकाला, निकाला था बांग्लादेश सरकार ने। आज भी मुझे जो अपने देश लौटने नहीं दिया जा रहा है, वह किसके हुक्म पर? किसी कट्टरवादी के निर्देश पर नहीं, सरकारी निर्देश पर! मुझे विश्वास नहीं है कि सरकार मेरी सुरक्षा को लेकर चिन्तित है। बांग्लादेश सरकार हमेशा से अपनी सुरक्षा के बारे में चिन्तित रही है। मैं भारत को बांग्लादेश जैसा नहीं मानती। मुझे जितनी-सी सुरक्षा की जरूरत है, उतना भर देकर, मुझे स्वाभाविक जीवनयापन करने देना, भारत सरकार की क्षमता में है—यह मेरा दृढ़ विश्वास है। मेरी वजह से कहीं दंगे होंगे, लोग मारे जाएँगे, ये तमाम आशंकाएँ पूरी-पूरी तरह निराधार हैं। दुनिया में, कहीं मेरी वजह से दंगे नहीं छिड़े। कभी, किसी लेखक/लेखिका की वजह से, कहीं दंगे नहीं हुए। लेकिन कट्टरवादियों ने मेरी 'द्विखण्डित' किताब के एक हिस्से पर आपत्ति जतायी है। निषिद्ध होने से पहले और निषेधाज्ञा से मुक्त होने के बाद, 'द्विखंडित' कलकत्ता शहर में पुस्तकों की दुकान पर धड़ल्ले से, खुलेआम बिकती रही और बिना किसी रोक-टोक के बिकी। किसी दिन, किसी ने भी, इस पुस्तक के विरुद्ध प्रदर्शन नहीं किया।

दंगों का भय मुझे काफी जोर-शोर से दिखाया गया। बहुतेरे लोगों का कहना है, मुझे खदेड़ने के इरादे से ही, मुझे डराया-धमकाया गया। मैंने कहा न, मैं गुनहगार नहीं हूँ। मैं अपनी बात फिर दोहराती हूँ, मैंने किसी की भी भावनाओं को ठेस पहुँचाने के इरादे से कुछ नहीं लिखा। अगर किसी को ठेस लगी हो, तो मुझे अफसोस है। 'द्विखण्डित' से, अपनी ही लिखी हुई किताब से, दो पैराग्राफ निकाल देने के बाद, काफी सारे कट्टरवादी नेताओं ने भी फैसला दिया, उन नेताओं ने, जिन लोगों ने मेरे ख़िलाफ़ काफी ज़हर उगला था, उन लोगों ने भी ऐलान किया कि अब मुझे लेकर, उन्हें कोई गिला-शिकवा नहीं है। अब वे मेरा विरोध नहीं करेंगे। फिर किस तरह के लोग मुझे कलकत्ता जाने देने में बाधक बन रहे हैं? मैंने क्या गुनाह

किया है? हिन्दू, मुसलमान, बौद्ध, ईसाई सभी मेरी नज़र में इन्सान हैं। इन्सान-इन्सान में कहीं, कोई फ़र्क़ नहीं होना चाहिए। मानवता और समानाधिकार के लिए मैं अथक लिखती रही हूँ, मानवाधिकार और समानाधिकार के विरोधी, चंद पुरातनपन्थी लोग मेरे विरुद्ध आवाज़ उठाते रहे, इसके बावजूद मैं इन्सान और इन्सानियत के पक्ष में इन्सान की कथा रचती रही। जो लोग दरिद्रता के शिकार हैं, शिक्षा और स्वास्थ्य से वंचित हैं, भिन्न आस्था की वजह से जिनके अधिकारों को नज़रअन्दाज़ किया जाता है, मैं उनके साथ हमेशा खड़ी रही, जैसे मैं उठ खड़ी हुई थी, बांग्लादेश में अल्पसंख्यक हिन्दू लोगों के साथ। इस्लाम का नारा लगाते हुए, बेईमानी की राजनीति का कुचक्र रचनेवाले, स्वार्थी कट्टरपन्थी, आज जो गला फाड़-फाड़कर नारेबाजी कर रहे हैं, वे लोग पश्चिम बंगाल के मुसलमानों के प्रतिनिधि हरगिज नहीं हैं।

आज भी क्या वह वक्त नहीं आया कि हम उन लोगों की छानबीन करें कि कौन लोग समाज के दुश्मन हैं, कौन नहीं? अभी भी क्या इस बेवजह की क़ैद से रिहा होने का वक्त नहीं आया? भारत देश में मानवता, स्वाधीन चिन्तन और अपनी राय ज़ाहिर करके क्या मैंने कोई भूल की है? आख़िर मुझे किस गुनाह की सजा मिल रही है? ताकि मैं दर्द, तकलीफ, घुटन, हताशा, शून्यता झेलते-झेलते, अँधेरे और लोगों की नज़रों की आड़ में रहते-रहते, धीरे-धीरे निश्चिन्ह हो जाऊँ? मैं देशहीन, राष्ट्रहीन, राज्यहीन, समाजहीन, बन्धु-बान्धवहीन होकर दम तोड़ दूँ?

मैंने राजनीति कभी नहीं की। राजनीति की समझ भी मुझे कम है। लेखक-कलाकारों को लेकर राजनीति करना क्या बन्द नहीं हो सकता? लेखक/लेखिका को क्या लिखने और मुक्त चिन्तन का परिवेश नहीं दिया जाना चाहिए? जी हाँ, मेरी अपील है कि लेखक/लेखिका को लिखने का अधिकार दिया जाए। इस देश, इस राष्ट्र से मेरी इतनी ही कामना है। आदिकाल से, जिस भी इन्सान ने आश्रय की चाह की, इस राष्ट्र ने उसे आश्रय दिया है। भारत देश की इस महान उदार परम्परा के प्रति मेरे मन में हमेशा गौरव-बोध रहा है। लेखिका के तौर पर इस उदार भारत के प्रति मैं हमेशा गर्व करती रहूँगी।

आप लोग, जो आज मेरे साथ खड़े हैं, उन सबके प्रति मैं दिल से कृतज्ञ हूँ। आप लोगों का सहयोग मिलता रहा, तो मुमकिन है, इस निरन्तर मानसिक यन्त्रणा से बची रहूँ। आप लोग ही मेरे आत्मीय, मेरे बन्धु हैं। दुनिया में आप लोगों के अलावा, मेरा और कोई स्वजन नहीं है। अच्छे लोगों के प्रयास के फलस्वरूप किसी-न-किसी दिन मैं स्वाभाविक जीवन में जरूर लौटूँगी, इस उम्मीद और विश्वास के साथ आज भी मैं जी रही हूँ। मेरे सामने उम्मीद की बस, यही एक किरण झिलमिला रही है। बाकी सब कुछ अँधेरा है! घोर अँधेरा!

—तसलीमा नसरीन

अनुक्रम

गृहबन्दी कलकत्ता

(9 अगस्त-22 नवम्बर, 2007)

मैं कैसे जी रही हूँ

मृत्यु एक

ठीक खिड़की के उस पार खड़ी है—मृत्यु!
दरवाज़ा खोलते ही, निःसंकोच देखती है, मेरी आँखों में,
बैठना हो, तो आकर बैठ जाती है, सामने, कुर्सी पर!
कुछ तय नहीं, मेरी हथेली पर रख सकती है, अपने हाथ,
अगले ही पल मुझे झटका देकर खींच ले जाएगी,
जहाँ उसे ले जाना है।
अब, उठते-बैठते, सोते-जागते, खड़े होते ही, मुझे लगता है,
मृत्यु मुझे आड़ से देख-देखकर हँस रही है!
बाथरूम में पानी की आवाज़ तक में,
बजती रहती है मौत की आहट!
शाम उतरते ही चुपके-चुपके आ खड़ी होती है मृत्यु,
कानों में फुसफुसाकर, दे जाती है अपना नाम-पता।
गहरी रातों में भी, मौत की स्तब्धता की आवाज़ से
टूट जाती है नींद बार-बार!
जैसे ही निकलती हूँ, कमरे से बाहर,
मृत्यु भी चली आती है पीछे-पीछे!
जहाँ भी जाती हूँ, चाहे जिस भी बस्ती या प्रासाद में,
मौत भी साथ-साथ होती है।
जिस तरफ भी घुमाती हूँ गर्दन, वह भी घूमकर देखती है, उसी ओर!
जब मैं देखती हूँ आसमान, वह भी देखती है,
बाज़ार की भीड़ में भी, चिपकी रहती है मेरी देह से।

जैसे ही लेती हूँ साँस,
मृत्यु घुस पड़ती है तत्काल, मेरे अन्तस में!
इतनी-इतनी मृत्यु लेकर, क्या जीया जाता है?
कोई जी सकता है भला?
मृत्यु से बचने के लिए,
मुझे लेनी ही होगी, मृत्यु की ही पनाह!
इसके अलावा, और उपाय भी क्या है?

मृत्यु दो

और कुछेक दिन...कुछेक माह जीने दो मुझे!
और कुछेक वर्ष, दे दो मुझे, सोना!
बस, और दो-एक वर्ष!
निपटा लेने दो, हाथ में बचे, बाकी काम,
सारे काम निपट जाने के बाद, मैं मना नहीं करूँगी।

अगर दे सको पाँच वर्ष, तो बड़ा भला हो! दोगे?
तुम्हारा ऐसा कौन-सा किया है नुकसान?
मैं तो मौत के ख़िलाफ़ भी ज़ुबान पर, कभी नहीं लायी, एक भी शब्द!
किसी दिन भी नहीं लिखा, एक भी लफ़्ज़!
वैसे पाँच वर्षों में भी,
कितना-सा उतार सकूँगी काम का पहाड़?
अगर मिल जाएँ सात-आठ वर्ष, तो चलेगा!
'चलेगा'—नहीं, यह तो नहीं कहूँगी, बस, चला लूँगी!
भई, किसी न किसी को तो चलाना ही पड़ता है न,
अगर दस वर्ष दे दो, तो कमोबेश चल जायेगा!
लेकिन दस वर्ष क्या तुम दोगे, सोना?
तुम्हारी भी तो अपनी ज़िन्दगी है,
तुम भी और कितने दिन बैठे-बैठे गिनोगे दिन-पल?
वैसे, अगर गिनो भी, थोड़े-से दिन-पल,
अगर राजी हो जाओ,

तो कहूँ मैं अपनी आख़िरी बात–
सुनो! अगर मान जाओ दस वर्ष के लिए,
तो और दो वर्ष, ऐसा कौन-सा समय?
देना हो, तो दे डालो, बारह वर्ष!
जानती हूँ, देखते-देखते गुजर जाएँगे उतने-से वर्ष।
मैं क्या जानती नहीं?

बारह वर्ष पहले ही, मैं उससे मिली थी,
आज भी लगता है, जैसे मिली थी उसी, अभी दिन!
अभी भी जैसे नहीं झपकी पलक तक;
अभी भी जैसे देख रही हों मेरी आँखें!
देखा?
कैसे पल भर में कट जाते हैं, बारह वर्ष?
ओ मौत! ओ जादू! प्यार से भी तो दे सकते हो पन्द्रह-बीस वर्ष!
देखना, देखते ही देखते कट जाएँगे ये चंद वर्ष!
अरे! वर्ष लाँघने में क्या लगता है पूरा वर्ष?

घेर रखा है मुझे चारों तरफ से!
क्या से क्या हो जाए, कौन जाने?
अगर आज़ाद होती, तो क्या भीख माँगती?
अपनी मर्ज़ी में गुजारती अपने दिन!
अब, चाहूँ भी तो ऐसा कोई नहीं,
जो मुझे जीने देने को राजी हो!
तुम भी तो मेरे तन-बदन पर छड़ी ताने खड़े रहते हो,
नहीं, अब कुछ भी नहीं रहा, पहले जैसा!
तुम भी जीना चाहते हो,
मृत्यु भी है जीने को आतुर!

और मैं?
अब, जीऊँगी एक-एक दिन, अगर सदय हो तुम;
एक-एक माह या वर्ष, जीऊँगी, अगर मुझे बचा लो तुम!
नहीं, जीवन की नहीं, मैं अहसानमन्द होऊँगी तुम्हारी,

तुम्हारी मेहरबानियों की!
भले क्षमा करो या घृणा, बस, कुछेक वर्ष बचा ला, सोना!
मौत के ख़िलाफ़, मिटाकर मन की सारी-सारी ख़्वाहिशें,
बस, दो कलम लिख लूँ।
उसके बाद, भले मर जाऊँ।

मृत्यु तीन

भारी-भरकम कटार, बल्लम लेकर, उतरे हैं वे लोग!
तलवारें लेकर,
ज़हरीले सांप लेकर,
सिर पर लिये धर्म-मन्त्र,
सीने में घृणा,
कमर में मारणास्त्र,
उतरे हैं वे लोग,
मेरी हत्या करके, धर्म बचाने के लिए !

कमोबेश, हजारहा सालों से,
इन्सान करता आया है, इन्सान की हत्या,
धर्म को बचाने के लिए।
इन्सानों के ख़ून में नहाकर देश-देश,
किसी ज़माने में इन्सान ने ही किया, धर्म-प्रचार,
कहता आया है इन्सान, इन्सानियत के बजाय, धर्म को महान।
इन्सानों ने ही लिखा है धर्मग्रन्थ,
निस्सार पोथियों को इन्सान ने ही बनाया है आदमखोर!
बँधे हैं धर्म के हाथ-पाँव, मुहरबन्द है जुबान।
अगर कहीं आज़ाद हो पाता धर्म,
चीख-चीखकर कहता—मरो, मर जाओ पाखण्डियों
अगर जीवन्त होता धर्म, तो शर्म से खुदकुशी कर लेता!
हाँ, दो हजार साल पहले ही, कर लेता खुदकुशी,
इन्सान के लिए,
इन्सान के लिए शुभ-मंगल के लिए!

मृत्यु चार

कोई नहीं, कुछ नहीं, बिल्कुल खाली-खूली है, उस पार!
सच तो यह है कि कहीं, कुछ नहीं, जिसे कहें, उस पार
मौत भी मुझे नहीं ले जाएगी, किसी पार;
किसी भी विचार-सभा में नहीं,
किसी भी ऐसे दरवाज़े के सामने लाकर खड़ा नहीं करेगी;
जिसे लाँघते ही,
या तो नसीब हो मवाद, ख़ून और आग,
या फिर झरने का जल या कभी न ख़त्म होने वाला आमोद-प्रमोद।

जब विश्व-ब्रह्माण्ड से हो जाऊँगा विदा,
कुछ दिन पड़ी रहेगी देह, निर्धारित कक्ष में, चीर-फाड़ के लिए,
बाद में बची-खुची हड्डी-पसली भी,
कोई, कहीं बेच देगा, सेर के हिसाब से!
किसी दिन हड्डियाँ भी चूरा होकर झर जाएँगी, बन जाएँगी धूल!
किसी दिन गोधूलि में धूल भी हो जाएगी निश्चिह्न।

जिन्हें उस पार पर भरोसा है,
वें लोग ही करें प्रयाण, मृत्यु को चूमकर!
जाकर खटखटायें रत्नखचित दरवाज़ा,
अन्दर उनके इन्तज़ार में होगी, अगाध धूमधाम।
इन्तज़ार में होंगी, दारू औरतें,
मुझे रहने दो, इसी नश्वर धरती पर
बसी रहने दो मुझे वन में, पहाड़ में, उत्ताल सागर में,
मुझे सोने दो घास पर, घासफूँस पर,
मुझे जागने दो चहचहाते पंछियों के किचिर-मिचिर में,
मुझे लपेटने दो सूर्य-किरण, सर्वांग में,
हँसने-खिलखिलाने दो चाँद की चाँदनी में,
करने दो प्यार, इन्सानों की भीड़ में,
धूप में भींगते हुए चलने-फिरने दो,
मुझे ज़िन्दा रहने दो।

जिन्हें मिलता है सुख, उस पार, वे रहें सुखी,
इस पृथ्वी पर मुझे अगर सहना पड़े दुःख, सहूँगी।
पृथ्वी ही मेरा पार,
पृथ्वी ही मेरा उस पार।

मृत्यु पाँच

यह जो जीवन-जीवन रटते हुए पगलायी रहती हूँ,
क्योंकि दरवाज़े पर खड़ा है, वो—
तीनों जून टकराती हैं आँखों से आँखें
प्रेमी की तरह मुस्कराता है वो—।
बेहद प्यार करता है वो, जानती हूँ
पाना चाहता है मुझे, अपने बेहद करीब।

भले वह उस तरह चुम्बन न लेना चाहता हो,
जिस तरह प्यार पाने को ललकती थी मैं,
अगर वह उस भंगिमा में न खड़ा होता,
तो मैं अपने पाँवों की उँगलियाँ माटी से जकड़े रहती,
टिकाये रहती पीठ, दीवार से,
कसकर दबोचे रहती, जो भी होता, हाथ के करीब!

मुझे वश में करने के लिए, उस तरह, अगर कोई बढ़ाता नहीं हाथ,
अड़ोसी-पड़ोसी, गाँव-शहर, नगर-बन्दर जगाते हुए,
मैं दौड़ नहीं लगाती, उत्तर-दक्षिण, ज़िन्दगी की खोज में,
अगर उस मुद्रा में खड़ा न होता, मृत्यु-पल, ऐन दरवाज़े पर,
तो मैं एक बार भी नहीं चाहती,
उसे धकियाकर हटा दूँ।
नहीं, मैं बिल्कुल नहीं चाहती, कहीं हो जाऊँ, फरार;
बल्कि दुनिया-जहान में खोज खँगालकर,
उसे साथ ले आती और अपने पास बिठाती।

माटी

जिसे देने की आदत हो,
हाथ फैलाकर कुछ लेते हुए सिकुड़ आती हैं उँगलियाँ,
जिसे लेने की आदत हो,
फैली ही रहती हैं उसकी उँगलियाँ।
उँगलियों की पोरों में पहने, हीरे का एक-एक मुकुट,
मन ही मन वह प्रार्थना करता है, हो जाएँ उसकी पाँच सौ उँगलियाँ।

जब तुमने कहा—तुम देते रहोगे प्यार,
उस पल मुझे लगा, इससे पहले,
मैंने किसी दिन नहीं देखा, तुम्हारा ऐसा चेहरा!
चारों तरफ, यहाँ तक कि तुम्हारा कण्ठ-स्वर भी, कैसा तो अचीन्हा लगा।

किसी अद्‌भुत ग्रह में,
किसी ने मुझे उछाल फेंका!
सहस्र आलोक-वर्ष दूर, उछाल फेंका मुझे!
पेड़ों के पत्ते घर-द्वार जैसे, घर-द्वार सूखी नदी जैसे,
सिर पर आकाश साँप जैसे,
चाँद-सूरज, कहीं, कुछ नहीं,
जाने कहाँ से टपकता रहता है ख़ून, कोई नहीं जानता!

जब सुना, मुझे तुम कुछ दोगे,
मारे भय के, मैं दुबक आयी हूँ, अपने ही अन्दर,
कुण्डली मारे बैठी हूँ मैं!
समुन्दर में तैरने वाली मैं, छिपने के लिए, खोज रही हूँ, कोई कुआँ।
नहीं, मुझे पाने की आदत नहीं,

मुझे कुछ भी, मत दो! कुछ भी!

इससे तो बेहतर है, माँगते रहो! कहो, क्या चाहिए?
मैं ज़िन्दगी उड़ेल दूँगी!
बस, पाने का ज़िक्र, भूल से भी न छेड़ना!
कोई-कोई न पाने के लिए ही जन्म लेता है,
पाने की आदत, हर किसी को नहीं होती।
ब्रह्माण्ड सैर भी कर आयी मुझे भी!
कैसा तो केंचुआ बनाकर, उस पर नमक छिड़ककर,
तुमने मुझे धकेल दिया है खड्डे में!

तुमने कहा कि तुम दोगे आकाश,
चलो, यह तो बर्दाश्त किया जा सकता है,
मगर, प्यार दोगे, ऐसा कभी मत कहना!
ऐसा मिथ्याचार मचाकर मत मारो इन्सान;
मत करो इन्सान का कत्ले-आम।

टोकरी-टोकरी भर ले रहे हो प्यार, लेते रहो,
मैंने तो तुमसे कुछ भी नहीं माँगा।
चाहे तुम कितने भी हो सुच्चे-सच्चे मर्द,
भला प्यार कैसे दे सकते हो, जरा सुनूँ?
सबके हृदय में प्यार का बीज नहीं होता,
सबकी माटी तो उर्वर नहीं होती।

घास

'इससे तो बेहतर है—चलो, घास हो जाएँ—'
मैंने उससे कहा।
उसने भी कहा, 'चलो!'
कहा उसने—'तुम आगे-आगे चलो, मैं पीछे!'
कहा था—'तुम्हारे पैरों की पोरों को चूमकर, उसके बाद में...'
मैं घास हो गयी, वह नहीं हुआ!
मुझे पैरों तले कुचलते हुए, कहीं और चला गया,
कहाँ, किसके पास, कौन जाने?
घास की क्या मजाल, जो वह पता करे!

उधर दो-दो लोग घूम-फिर रहे हैं—पेड़ बनेंगे! बनेंगे वे पेड़,
यानी उसी ने भेजा है, पेड़ होने के लिए,
यानी इतने अर्से बाद, वह फिर अकेला हो आया है!
दोनों झाँकते हैं, एक-दूसरे की आँखों में,
पूछते हैं—किसकी बात कर रही हो?
बताती हूँ नाम!
'ज़िन्दगी में कभी नहीं सुना यह नाम!'
फिर क्यों कहा मुझे पेड़ बनने के लिए?
दोनों ने मुस्कराकर जवाब दिया, 'देखने में रूपसी होगी, फलवती होगी।'
मैं दुरदुराकर खदेड़ देती हूँ उन्हें,
—मैं घास ही भली!
घास बनी रही, तो दुःख सँजोने की कोई खास जगह नहीं होती।
घास बनी रही, तो किसकी मजाल, जो देह पर चढ़-चढ़कर,
नोचे-खसोटे, ख़ून में डुबोये?

बरखा-बादल में जीती हूँ मैं, अपनी तरह!
खुजली-गर्मी में जीती हूँ!
अपनी मर्ज़ी-मुताबिक चाँद को निहारते हुए!
चाँद से टपकता हुआ सुख निरखते हुए जीती हूँ!
ना, अब कभी भूल से भी, किसी से घास होने को नहीं कहती,
भूल से, कभी खुद भी पेड़ नहीं बनती!

हरसिंगार

राह चलते-चलते देखती हूँ, एक अद्भुत पेड़!
जिस पेड़ में खिलता है हरसिंगार, समूचे वर्ष!
पेड़ पर नज़रें गड़ाये-गड़ाये,
आँखों में छलक उठते हैं आँसू,
शीत, ग्रीष्म, वर्षा में झरते रहते हैं हरसिंगार,
श्वेत-शुभ्र हो आता है मैदान!
हरसिंगार की माला गूंथते हुए, याद आता है वह शख़्स।
हाँ, सर्दी की अलस्सुबह,
अंजुरी भर-भर हरसिंगार,
वह मेरे पढ़ने की मेज पर रखकर चला जाता था।
सर्दी बीत जाने पर, वह भरता था, लम्बी-लम्बी उसाँसें!
याद आता है वह शख्स!

काश, दुनिया अगर एक बार ऐसी हो पाती—
जो नहीं है, असल में वह मौजूद है!
काश, एक बार वह मुझे मिल जाता! कहीं भी!
जिन उँगलियों में लिपटी हुई है, हरसिंगार की खुशबू,
उँगलियों की दरारों में पीली जाफरान, अभी भी!
मैं हुमककर परस लेती, उसकी वो हथेलियाँ!
दुबका लेती अपना चेहरा उन हथेलियों में!
उसकी हथेली थामकर ले जाती,
नये पेड़ की माला गूँथ-गूँथकर उसे पहनाती!
पेड़ों में जितने भी फूल होते,
बटोरकर उसकी देह पर छितरा देती, बारिश की तरह।

काश, दुनिया अगर ऐसी हो पाती कि
असल में वह मौजूद है,
जब आएगा हरसिंगार का मौसम,
किसी एक पेड़ तले जाएगा वह;
माला गूँथ-गूँथकर किसी को पहनाएगा वह!
अंजुरी में भरकर हरसिंगार,
किसी के पढ़ने की मेज पर चुपचाप रख जाएगा!
यानी राह चलते-चलते, मैं देखती हूँ, जो पेड़,
उससे टिककर, खड़ी की खड़ी रह जाऊँगी मैं!
जितने दिन खिलते रहेंगे फूल,
उतने दिन!

झरे हुए पत्ते

बहुत बार सोचा है,
झरे हुए पत्तों को बटोरकर जला दूँ, भले कितनी भी हो रात,
आग दिखाने के लिए हाथ भी बढ़ाती हूँ,
उन पत्तों को टुकुर-टुकुर ताकते देखकर,
तन-मन में झुरझुरी फैल जाती है।
झर जाने के बाद, कोई जिम्मेदारी नहीं होती।
पत्ते अपनी मन-मर्ज़ी से उड़ते हैं,
बरामदे में ऊधम मचाते, खेलते हैं,
खिड़की से टकराते हैं, बदन पर लोटते हैं, हँसते-खिलखिलाते हैं!
बार-बार कानाफूसी करते हैं—झरो, झरो! झर जाओ!
मन कहता है, कहीं, कुछ नहीं है उनका।
इतने सबके बावजूद, जाने कैसा-कैसा तो लगता है,
मैं आग बुझा देती हूँ।

वे पत्ते मुझसे जलाये नहीं जाते,
कभी-कभी वे रोने लगते हैं, शायद इसीलिए मैं जला नहीं पाती,
बेचारे घुट-घुटकर रोते हैं, किसी के पैरों तले,
रुलाई की आवाज़ें दिगन्त तक फैली हुई!
सैकड़ों-सैकड़ों सदियों का मरुमय नैशब्द,
जलतरंग की तरह टूट-टूटकर बजता रहता है!
कोई पैदल-पाँव चलकर आता है,
दाखिल होता है मेरे एकाकी जीवन में!
चलो, पल-दो पल के लिए ही सही, कोई तो आया मुझसे मिलने,
चलो, मान लिया, कहीं आस-पास ही गया था, इसलिए चला आया,
खैर, आया तो सही!

झरे हुए पत्ते इर्द-गिर्द से घेरे रहते हैं!
जितनी देर घेरे हुए हैं,
उतने पल लगता है, वह है।
उतने पल समझाती रहती हूँ, अपने को–
कहीं आस-पास नहीं,
राह भूलकर भी नहीं,
असल में वह पूरे बरस भर घूमता-भटकता,
मेरा पता पूछता-जुटाता, खोजता-ढूँढ़ता,
आया है मेरे करीब, प्यार में डूबा हुआ!
बस, उतने-से पल, उतने-से धुँधलके में ही,
खौलकर मेरे हाथ-पाँव-दिमाग-छाती के आवरण
ठूँस-ठूँसकर भर देता है मुझमें प्राण।
घर के आस-पास, चारों तरफ जमा है, झरे पत्तों का पहाड़,
जिन्हें मैं दिखा नहीं सकती–आग!
बस, डूबती जाती हूँ, झरे पत्तों के अम्बार में,
हाँ, कर नहीं पाती उन्हें आग के हवाले!

अतल में नज़रबन्द

आजकल, तुम मेरे घर नहीं आते,
तुम डरते हो कि तुम मेरे घर आओ,
और आततायी, कहीं दूसरी तरफ से घुसकर,
मुझ पर हमलावर हो उठें, मुझे कत्ल कर दें?
एकाध गोली छिटककर, कहीं तुम्हें न लग जाए?
हाँ, बीच-बीच में तुम फोन कर लेते हो,
मेरा हाल-अहवाल पूछते हो,
जैसे ही घर आने का ज़िक्र उठता है,
जाने कौन-कौन-सी तो वजहें बताकर,
तुम अपनी अति-व्यस्तता जताते हो।
तुम तो मेरे सबसे करीबी बन्धु थे!
सिर्फ़ बन्धु ही कैसे कहूँ, तुम तो मेरे प्रेमी थे।
किसी वजह से बढ़ गयी होगी तुम्हारी व्यस्तता—
मैं अपने को समझाती हूँ!
चलो, यही सही!
अकेले-अकेले नज़रबन्द रहकर, गुजार लूँगी, ये कुछेक दिन।
इन्सान तो कभी-कभी शौकिया भी,
द्वीपान्तर में जाता है।

जिस दिन मैंने जाना,
तुम्हारे घर न आने की असली वजह;
मारे दहशत के मैं सिमटी-सिकुड़ी पड़ी हूँ, शब्दातीत,
आततायी से भी ज़्यादा, मैं तुमसे हूँ भयभीत।

गृहबन्दी दिल्ली

(अज्ञातवास दिल्ली, 23 नवम्बर...)

जिस घर में मैं रहने को विवश हूँ

इन दिनों मैं ऐसे एक कमरे में रहती हूँ,
जिसमें एक बन्द खिड़की है,
जिसे खोलना चाहूँ, तो मैं खोल नहीं सकती;
खिड़की मोटे पर्दे से ढँकी हुई है,
चाहूँ भी तो मैं उसे खिसका नहीं सकती।
इन दिनों मैं ऐसे एक कमरे में रहती हूँ।
चाहूँ भी तो खोल नहीं सकती, उस घर के दरवाज़े,
लाँघ नहीं सकती चौखट!
ऐसे एक कमरे में रहती हूँ मैं,
जिसमें किसी जीव के नाम पर, दक्खिनी दीवार पर,
चिपकी रहती हैं, दो अदद छिपकली!
इन्सान या इन्साननुमा किसी प्राणी को
इस कमरे में नहीं है प्रवेशाधिकार!
हाँ, इन दिनों मैं ऐसे एक कमरे में रहती हूँ,
जहाँ मुझे साँस लेने में बेहद तकलीफ होती है!

चारों तरफ न कोई आहट, न सुनगुन,
सिर्फ़ और सिर्फ़ सिर टकराने की आवाज़ें।
नहीं देखतीं, दुनिया के किसी बन्दे की आँखें
गड़ी रहती हैं, सिर्फ़ दो छिपकली आँखें।
आँखें फाड़-फाड़कर निहारती रहती हैं,
पता नहीं, वे दुखी होती हैं या नहीं
क्या वे भी रोती हैं मेरे साथ? जब मैं रोती हूँ?

मैं ऐसे एक कमरे में रहती हूँ, जहाँ रहना मैं बिल्कुल नहीं चाहती।
मैं ऐसे एक कमरे में लाचार क़ैद हूँ,
हाँ, ऐसे ही एक कमरे में रहने को, मुझे विवश करता है, गणतन्त्र।
ऐसे एक कमरे में, ऐसे अँधेरे में,
ऐसी एक अनिश्चयता, एक आशंका में,
एक दुःख में, साँस-साँस तकलीफ में,
मुझे रहने को लाचार करता है, गणतन्त्र!
एक कमरे में तिल-तिल मेरी हत्या कर रही है—धर्मनिरपेक्षता!
एक कमरे में मुझे असहाय-निरुपाय किये दे रहा है—प्रिय भारतवर्ष!

भयंकर व्यस्त-समस्त मानस और मानसनुमा प्राणी
पता नहीं उस दिन भी, उन्हें पल-दो पल की फुर्सत होगी या नहीं,
जिस दिन कोई जड़-वस्तु, कमरे से बाहर निकलेगी,
जिस दिन सड़ा-गला एक लोथड़ा या अस्थियाँ, लाँघेगी दहलीज!
आख़िरकार, क्या मौत ही देगी मुक्ति?
शायद मौत ही देती है आज़ादी, चौखट लाँघने की!
उस दिन भी मुझे टकटोरती रहेंगी, छिपकिली की दो जोड़ी आँखें, दिन भर!
वे भी मन ही मन शायद दुःखी होंगी! उस दिन!

गणतन्त्र के झण्डे में लपेटकर, प्रिय भारत की माटी में,
कोई मुझे दफ़्न कर देगा, शायद कोई सरकारी मुलाजिम!
वहाँ भी नसीब होगी, एक कोठरी!
लेकिन उस कोठरी में लाँघने के लिए, कोई दहलीज नहीं होगी,
वहाँ भी मिलेगी मुझे एक अदद कोठरी,
लेकिन, जहाँ मुझे साँस लेने में कोई तकलीफ नहीं होगी।

भय

हाथ में बन्दूक़ लिये गश्त लगा रही है फ़ौज! चारों तरफ!
उनके बीच निहत्थी मैं,
नहीं पहचानता मुझे कोई भी फ़ौजी,
बस, बीच-बीच में अजीब-अजीब नज़रों से घूरता रहता है,
मुझ निहत्थी औरत का चेहरा!
कोई नहीं जानता,
यहाँ अचानक क्यों हूँ मैं!
मैली-सी मैं, मैले-कुचैले कपड़े-लत्ते, बेजान उड़ते बाल,
तन-बदन-पैरों में नहीं कोई जंज़ीर,
लेकिन कहीं न कहीं कोई बेड़ी है जरूर।
वे लोग जानते हैं,
चाहूँ भी तो दो पग आगे नहीं बढ़ सकती! अन्दाज़ा है उन्हें!
उनकी बीभत्स आँखों में झलकता है, अन्दाज़े का निशान!

बन्दूक़ें जानती हैं, वे सब मुझे सिर्फ़ डराने के लिए हैं,
बन्दूक़ के कुन्दे, बूट जूते, मुझे आतंकित करने के लिए हैं।
अगर मैं डरूँ नहीं, तो वे लोग बेतरह आहत होंगे
और किसी को आहत करने का हक,
कानूनन मुझे नहीं है।
बन्दूक़ें अगर ऊपरवालों को ख़बर भेज दें—
इसे तो कोई डर-भय नहीं है,
यह तो जी-जान से ज़ंज़ीर तोड़ने में जुटी है,

ऊपरवाले मुझे यकीनन, फाँसी पर चढ़ा देंगे।
फाँसी का दिन-पल तय होते ही,

परोस देंगे मेरे सामने खाना—
मछली का शोरबा, ईलिश, चिंगड़ी मच्छी वगैरह।
अगर मैं कहूँ—नहीं खाऊँगी
सूली पर लटकते हुए अगर न भरूँ एकाध लम्बी उसाँस,
गले में फन्दा पहनाने के बावजूद,
अगर मुझमें दुस्साहस जन्म ले?
अगर मैं न डरूँ, तो—?

कई सालों से...

पिछले कई सालों से,
मैं मौत के बेहद करीब हूँ!
लगभग आमने-सामने खड़ी हूँ!
अपनी अम्मी, अपने अब्बू, चंद प्रिय लोगों के सामने,
बिल्कुल वाक्रुद्ध,
खड़ी हूँ, पिछले कई सालों से!
कई-कई सालों से मुझे नहीं पता, मैं ठीक ज़िन्दा भी हूँ या नहीं।
कुछेक सालों से ज़िन्दा रहने और न रहने के बीच का फासला,
घटते-घटते अब, महीन सूत की तरह लहराने लगा है।
कुछेक सालों से मेरे अन्दर-बाहर साँस लेता है जो इन्सान!
वह बीभत्स ढंग से गूँगा है।
जिसकी दरख्त से आख़िरी सूखा पत्ता भी झर चुका है,
जन्म भर के लिए विदा ले चुका है, जीवन से वसन्त।

फर्ज़ करें, आज रात ही, अगर मुझे मौत आ जाए,
तो ज़ुबान से कोई कुछ न कहे,
सिर्फ़ कहीं, किसी हरसिंगार के पेड़ तले,
जड़ दे एक समाधि-लेख!
समाधि-लेख,
वर्षों पहले जो मैंने खुद लिख रखा है
सफ़ेद काग़ज़ पर,
सफेद रंग से,
बड़े जतन से लिखा हुआ—समाधि-लेख!

किसी कवि को, क्या कभी, किसी ने किया था गृहबन्दी?

किसी कवि को क्या कभी भी,
किसी ने भी किया था गृहबन्दी?
वैसे कवि को लेकर उछाले गये हैं ईंट-कंकड़-पत्थर,
आगजनी भी हुई है,
लेकिन कवि को किसी ने गृहबन्दी नहीं किया, किसी भी देश ने!
हिन्दुस्तान ने इस सभ्यता, इस इक्कीसवीं शती से,
ग्रहण किया था कवि को,
हाँ, अगले ही पल उसे वर्जित भी कर दिया,
उसके बचपने जैसे धर्म ने, उसकी निष्ठुर राजनीति ने!
कवि ने कोई गुनाह नहीं किया,
फिर भी, कवि है, आज गृहबन्दी!

आसमान न देखते-देखते,
कवि भूल गया है—आसमान कैसा होता है,
इन्सान न देखते-देखते,
भूल गया है—इन्सान कैसा होता है।
कवि के सामने दुनिया भर का अँधेरा उछालकर,
वे लोग जा चुके हैं।
कह गये हैं, अब वे यहाँ फिर कभी कदम नहीं रखेंगे!
आज एक सौ पचास दिन हुए, कवि गृह-बन्दी है,
गुजर गये एक सौ पचास दिन,
कवि का यह अहसास भी, छोड़ गया साथ,
कि धरती पर रहता है, ऐसा कोई इन्सान,
जिसके पास मौजूद है दिल,
हाँ, बीत गये एक सौ पचास दिन,

कवि को मालूम नहीं,
वह ज़िन्दा भी है या नहीं!

ऐसा कौन है, जिससे वह वापस माँगे अपने दिन?
अँधेरा समेटे, कवि सोच में डूबा है—
कौन लौटाएगा, उसके जीवन की धूप?
कौन है, जो किसी दिन,
एकान्त में सौंपेगा उसे जीवन-मन्त्र?

कवि को कम से कम तसल्ली तो दे इन्सान—
आज से पहले, जो लोग गृहबन्दी थे,
अधिकांश ही कवि थे!
मन ही मन, कुछ तो मिले उसे राहत,
निःसंगता से!
निचाट अकेलेपन से!
रीत रहे दिनों से!

समय

रात तीन बजे भी
अगर टूट जाती है नींद,
इन दिनों हैरत नहीं होती!
रात अगर भली-सी नींद न आये,
तो दिन भी भला नहीं कटता—
ऐसा कहते हैं लोग-बाग!
ख़ैर, दिन अगर भला-भला-सा न गुजरे,
तो क्या फ़र्क़ पड़ता है?
मेरे दिन क्या और रात क्या?
दिन, बिल्कुल दिन जैसा, बैठा रहता है, मुझसे दूर!
रात भी, रात जैसी ही, मेरी पहुँच से बाहर!
ये तमाम दिन, ये तमाम रातें,
किसी भी पल, मेरे लिए करने को कुछ नहीं होता,
ज़िन्दगी और मौत, जब एकाकार हो जाए,
तो, सच ही, कुछ भी करने को नहीं होता!

अब, मैं हटा नहीं पाती, मृत्यु से जीवन को,
जीवन से मृत्यु को अलग-थलग!
फिलहाल उठाकर कहीं रख भी नहीं पाती।
फिर भी हैरत नहीं होती,
इन दिनों!

यह मेरा शहर नहीं

जिसे कहा था अपना शहर, वह शहर मेरा नहीं!
वह शहर है धुरन्धर राजनीतिज्ञ, बेईमान, औरतें चालान करने वालों का शहर!
वह शहर वेश्याओं के दल्लालों का शहर,
शोहदों-गोबर गणेशों का शहर, बलात्कारियों का शहर!
वह मेरा शहर नहीं!
वह शहर किसी का क़त्ल या बलात्कार होने पर या अत्याचार होने पर,
या फ़र्क़ न पड़ने वालों का शहर है!

वह मेरा शहर नहीं।
वह शहर जुबान पर कुछ-मन में कुछ पालने वालों का शहर!
बस्ती के उपासे, बिन-खाये लोगों से कतराकर निकल जाने वालों का शहर!
फुटपाथ पर मरे पड़े भिखमंगों को लाँघकर चल देने वालों का शहर!
मुसीबत की आँच लगते ही फटाफट बदन चुराने वालों का शहर!
अन्याय के ढेर पर बैठे, जुबान बन्द रखने वालों का शहर,
यह मेरा नहीं।
इह और परलोक में डूबे रहने वालों का शहर!
पाखण्डी ज्योतिषियों का शहर!
अपना मतलब साधने वालों का शहर! मौक़ापरस्तों का शहर!
यह शहर, मेरा शहर नहीं! हरगिज़ नहीं!
यह झूठे लोगों का शहर! कूपमण्डूकों का शहर! ठग-जुआरियों का शहर!
मेरा नहीं!
यह शहर सुविधावादियों, स्वार्थान्धों, बज्र धर्मान्धों का शहर!

उन लोगों के शहर में, हम मुट्ठी-भर मुक्तचेता इन्सान,
कुछ हैं युक्तिवादी, कुछ प्रगतिवादी, कुछ सच्चे-शरीफ
अतिशय डरे-सहमे से रहते-सहते हैं यहाँ।

नजरबन्द

कभी, किसी दिन, अगर तुम्हें होना पड़े नज़रबन्द,
अगर कोई पहना दे पाँवों में बेड़ियाँ,
मुझे याद करना।
जिस कमरे में तुम हो, अगर किसी दिन,
उस कमरे का दरवाज़ा, अन्दर से नहीं,
बाहर से बन्द करके, कोई जा चुका हो,
मुझे याद करना!
पूरे मंज़िले में कोई न हो, जो सुने तुम्हारी आवाज़,
जुबान ताला-बन्द होठ कसकर सिले हुए
तुम बात करना चाहते हो, मगर कोई नहीं सुनता,
या सुनता है, मगर ध्यान नहीं देता,
मुझे याद करना!
मसलन् तुम शिद्दत से चाहते हो, कोई खोल दे दरवाज़ा,
खोल दे तुम्हारी बेड़ियाँ, सा-रे टाँके,
मैंने भी चाहा था।
गुजर जाएँ महीने-दर-महीने, कोई रखे नहीं कदम इस राह,
दरवाज़ा खोलते ही जाने क्या हो-न हो,
इसी अन्देशे में अगर कोई खोले नहीं दरवाज़ा,
मुझे याद करना।
जब तुम्हें हो खूब-खूब तकलीफ,
याद करना, मुझे भी हुई थी तकलीफ।
बेहद डरे-सहमे, सतर्कता से नाप-नापकर चलता हो जीवन,
एकदम से अचानक, हो सकता है नज़रबन्द, कोई भी! तुम भी।
अब, तुम-मैं, सब एकाकार, अब नहीं कोई फ़र्क़ सूत भर भी।
मेरी तरह तुम भी इन्तज़ार करना तुम भी, इन्सानों का।
हराकर घिर आता है अँधेरा, मगर नहीं आता कोई इन्सान।

देश कहने को क्या कुछ भी नहीं होना चाहिए मेरा?

देश कहने को क्या कुछ भी नहीं होना चाहिए मेरा?
ऐसी हूँ मैं मुजरिम, ऐसी हूँ, मानवता की दुश्मन,
ऐसी हूँ मैं देशद्रोही, कि
देश कहने को क्या कुछ भी नहीं होना चाहिए मेरा?
तो क्या देश ही छीन लेगा, मेरे बचे-खुचे जीवन से मेरा स्वदेश?

देश-देश रटते हुए, अन्धों की तरह, उत्तर से दक्खिन गोलार्द्ध तक,
पहाड़, समुन्दर और तमाम-तमाम पेड़,
अन्धों की तरह, आकाश, चाँद, धूप, कुहासा,
अन्धों की तरह, घास-लता-गुल्म-माटी और मानस,
चप्पा-चप्पा खोजती फिरी हूँ देश!

धरती ख़त्म हो गयी, अन्त में जीवन भी ख़त्म!
आ बैठी हूँ, देश के तीर पर,
अब थके-प्यासे इन्सान की निश्चिन्तता को
अगर तुम खींच-घसीटकर उठा ले जाओ,
हत्थड़ मारकर बिखेर दो, अन्जुरी का पानी भी,
अगर दो मुझे मृत्युदण्ड,
तो मैं किस नाम से पुकारूँ तुम्हें, देश?

विशाल पर्वत-सा खड़े होकर, मेरी छाती पर,
बूट-जूतों से लैस पाँवों से कुचलते हुए मेरी गर्दन,
नोचकर निकाल ली हैं मेरी आँखें,
मुँह से खींचकर, टुकड़े-टुकड़े कर दी है ज़ुबान,
चाबुक बरसाकर रक्ताक्त किया है तन-बदन,

तोड़ दी हैं दोनों टाँगें,
चूर-चूर कर डालीं पाँवों की उँगलियाँ,
खोलकर खोपड़ी, भुर्ता कर दिया दिमाग़,
बना लिया बन्दी, ताकि मैं दम तोड़ दूँ, ताकि मैं मर ही जाऊँ!
फिर भी मैं तुम्हें कहती हूँ–देश! बड़े प्यार से पुकारती हूँ–देश!

चूँकि मेरी जुबान से निकले हैं चंद सच, इसलिए मैं देशद्रोही!
झूठ के जुलूस में तुम चलो, मिलाकर कन्धे से कन्धा, इसलिए मैं देशद्रोही!
मानवता को मैं दफ़्न कर दूँ या उड़ा दूँ सातों आसमान पर,–
तर्जनी उठाकर तुमने जारी किया हुक्म!
बाकी कुछ रहे न रहे, देश कहने को कुछ भी न हो मेरा!

मेरे जीवन से, देश तुम, दिल खोदकर ले गये–मेरा स्वदेश!

चलो, वे ही लोग करें, दुनिया पर राज

चलो, यही सही,
उन्हीं लोगों को बख़्श दी जाए आज़ादी
आज के बाद उन्हीं लोगों के लिए खोल दिये जाएँ अस्त्रागार!
उठा लें तलवार, कमर में ठूँस लें पिस्तौल,
हर हाथ में बम-गोले, दारुल इस्लाम का मन्त्र लिये सिर-माथे,
न हो निकल पड़ें,
जिस भी तरफ, जितने भी मुरताद मुण्ड, काट डालें,
मारें औरतों को! मार डालें!
नतमस्तक औरतों के बदन पर लाद दें बुर्का, करें घर-बन्दी
ताबड़तोड़ बेटे पर बेटा जनने के लिए, घर-घर चला करे बलात्कार!

धरती पर जितने भी हैं मर्द, एकजुट होकर, सभी बन जाएँ तालिबान,
अर्जेण्टिना से आइसलैण्ड, मालद्वीप से मोरक्को, बांग्लादेश से बहामा,
चले आएँ उनकी दख़ल में!
इस्लाम की पाक सरज़मीन पर, परम श्रद्धा से मत्था टेकें,
हमारे जननेताओं की जमात!
पहना दें मुकुट एक-एक जंगी के सिर पर,
अपनी करतूतों के लिए हाथ जोड़कर माफी माँगें जननेता!
धर्मान्धों के पाँव धो-धोकर पीयें,
पुण्यवान बनें, हमारे जननेता!

बचो

कुछ लोग हैं, सच बोलो तो तैश खा जाते हैं, एकदम से!
अब से, सच मत बोलना, तसलीमा!
यह युग गैलिलिओ का युग नहीं है!
लेकिन, इस इक्कीसवीं सदी में भी,
सच बोलो, तो बिरादरी-बाहर कर देता है समाज,
देश-बाहर कर देता है देश,
गृहबन्दी करता है राज्य,
राज्य सजा देता है,
मत बोला करो सच!

बेहतर है, अब तुम झूठ बोलो!
बोलो कि घूमता है सूरज पृथ्वी के इर्द-गिर्द!
बोलो कि जैसा प्रकाश है सूरज में, चाँद में भी अपना आलोक!
बोलो कि तमाम पहाड़ हैं, धरती के बदन पर ठोंके हुए कील-काँटे!
बोलो कि मर्द की अस्थियों से निर्मित है औरत,
बोलो कि हद टेढ़ी है औरत की गर्दन की हड्डी,
बोलो कि आख़िरी फैसले के दिन, इन्सानों की कब्र से,
खाक से, बेकाम हुई हड्डियों से,
बनकर बाईससाला जवान, मर्द-औरत,
अकस्मात् जाग उठेंगे!
स्वर्ग या नर्क में अनन्तकाल तक,
गुजारने चल देंगे जीवन!

तुम अब झूठ बोला करो, तसलीमा!
बोलो कि विश्व-ब्रह्माण्ड के अनगिनत नक्षत्रराजि झूठ हैं।!

अजस्र ग्रह-उपग्रह, सौर-जगत् तैरते हैं महाकाश में–
झूठ है!
मध्याकर्षण शक्ति झूठ है! इन्सान गया था चाँद पर–
झूठ है!
झूठ बोलोगी, तो मिलेगी, निर्वासन से मुक्ति,
तुम्हें मिलेगा देश, ढेरों यार-दोस्त, खोल दी जाएगी
हाथों-पैरों की बेड़ियाँ
तुम देखोगी उजाला, देखोगी आसमान
अकेले-अकेले अँधेरे में,
कोई नहीं फेंकेगा तुम्हें, मुँह-बायें काल के गह्वर में!
तुम सच मत बोलो, तसलीमा!
बचो, तसलीमा, बचो!

इन्सान

ज़रा देखने देंगे इन्सान?
सड़क के इन्सान?
इन्सान चल रहा है, हँस रहा है...
दाँयीं तरफ चलते-चलते इन्सान, जाने क्या सोचकर, मुड़ गया बाँयीं तरफ!
इन्सान मैदान में, दुकान में, सिनेमा में, जलसों में, थियेटर में!
इन्सान दौड़ रहा है,
इन्सान गाड़ी में, बस में, ट्राम में,
इन्सान चल रहा है, देखने देंगे?

जरा देखने देंगे इन्सान?
घर-मकान के लोग,
प्यार करते हुए, सपने देखते हुए इन्सान?
देखने देंगे?

खिड़की की दरार-झंझरी से
जितना-सा, छिटपुट बूँद-भर दिखता है मेघ या धूप,
वही देखने के लिए जीना होगा!
इन्सान? कह दिया है उन लोगों ने—नामुमकिन!
अपना मानव जीवन, बस, इसी तरह
गुज़ारना होगा—मानवहीन!

सी सी यू से सी सी यू
(कोरोनरी केयर यूनिट से--कलकत्ता)

घर-द्वार को तिलांजलि देकर,
प्यारी बिलैया छोड़कर, किताब-काग़ज़, यार-दोस्त त्यागकर
अपनी ज़िन्दगी छोड़कर,
अनिश्चयता की बीभत्स-गन्धाती काँथे में सिर तक चेहरा ढँके,
दिन पर दिन पड़े रहना,
कहाँ पड़ी हूँ मैं, कितने दिन से, कुछ भी नहीं अता-पता,
हृत्पिण्ड को दाँतो-नाख़ूनों से भयंकर नोंचते-खरोंचते हुए!

उसके बाद, दिल स्तब्ध होते ही, अन्त में सी सी यू!
जाती-जाती साँसों को किसी तरह खींचकर वापस लाया गया!
धुकधुकाती साँसें वापस लौटने को आतुर!
        बीमार देह घर लौटने को बेचैन!
अपनी बिलैया के पास, दोस्तों के पास, प्रिय स्पर्श के पास,
दौड़ता है मन सी सी यू से सी सी यू की ओर!

अब, किसे पड़ी है, करे परवाह मन की?
सी सी यू से निकालकर, सुनाया गया,
बेहद गहन-गम्भीर, तन-मन दहला देने वाले सुर में--
'अब, चली जाओ, दूसरे किसी देश। छोड़ दो यह देश।'
'लेकिन, जाऊँ कहाँ? जाने के लिए नहीं कोई ठौर!'
'मर जाऊँ, तो यहीं की माटी में, माटी कर लेना—
माटी खोदकर अगर देखना चाहो, देखना मेरी जड़ें।'

वैसे किसी को क्या गरज़ पड़ी है देखने की?
किसे गरज़ है, आँसुओं में बहते इन्सान का,
कलपना-तड़पना देखकर, कातर हो?
सी सी यू से फिर उसी निर्वासन में!
फिर उसी अँधेरे के बदन पर, कूड़ा-करकट-सी उछाल दी गयी मैं!
वे लोग भी हाथ धोकर, अपने-अपने घर गये।
वे सब काफी बड़े-बड़े लोग थे!
हाथ जोड़े, नतमस्तक होकर, मैंने उन्हें प्रणाम किया।

नो मैन्स लैण्ड

अपना देश ही अगर तुम्हें न दे देश,
तो दुनिया का कौन-सा देश है, जो तुम्हें देगा देश, बोलो!
घूम-फिरकर सभी देश काफी कुछ ऐसे ही होते हैं,
हुक्मरानों के चरित्र भी ऐसे ही!
तकलीफ देने पर आयें, तो ऐसे ही देते हैं तकलीफ!
इसी तरह उल्लास से चुभोयेंगे सूइयाँ,
तुम्हारी रुलाई के सामने, पत्थर-चेहरा लिये बैठे,
मन ही मन नाच रहे होंगे।

नाम-धाम में भले हो फ़र्क़
अँधेरे में भी पहचान लोगे उन्हें,
सुनकर चीत्कार, खुसफुस, चलने-फिरने की आहट,
तुम समझ जाओगे कौन हैं वे लोग!
हवा जिस तरफ, उनके लिए, उधर ही दौड़ पड़ने का समय!
हवा भी तुम्हें बता देगी, कौन हैं वे लोग!
हुक़्म आख़िर तो होते हैं हुक़्मरान!

चाहे तुम कितनी भी तसल्ली दो अपने को,
किसी शासक की जायदाद नहीं—देश!
देश होता है आम-जन का, जो देश को प्यार करते हैं,
देश होता है उनका!
चाहे तुम जितना भी किसी को समझाओ—यह देश तुम्हारा है,
इसे तुमने रचा-गढ़ा है, अपने अन्तस में,
अपनी मेहनत और सपनों की तूली से आँका है इसका मानचित्र!
अगर शासक ही तुम्हें दुरदुराकर खदेड़ दें, कहाँ जाओगे तुम?

कौन-सा देश खड़ा मिलेगा, खोले दरवाज़ा?
किसी को देने को पनाह?
कौन-सा देश, किस मुँह से देगा तुम्हें—देश, बोलो!

अब तुम कोई नहीं हो,
शायद इन्सान भी नहीं हो!
वैसे भी अब क्या है तुम्हारे पास खोने को?
अब दुनिया को खींच लाओ बाहर, कहो—
तुम्हें वहीं खड़े होने की जगह दे, वहीं दे शरण,
जहाँ ख़त्म होती है देश की सरहद,
जहाँ की माटी किसी की भी नहीं होती,
फिर भी जितनी-सी माटी मौजूद,
वह अवांछित माटी ही, उतनी-सी ज़मीन,
चलो, आज से तुम्हारी हो!

भारतवर्ष

भारतवर्ष सिर्फ़ भारतवर्ष नहीं है!
मेरे जन्म के पहले से ही,
भारतवर्ष मेरा इतिहास!
बगावत और विद्वेष की छुरी से द्विखण्डित,
भयावह टूट-फूट अन्तस में सँजोये,
दमफूली साँसों की दौड़, अनिश्चित सम्भावनाओं की ओर,
मेरा इतिहास
रक्ताक्त इतिहास! मौत का इतिहास!
इस भारतवर्ष ने मुझे दी है, भाषा;
समृद्ध किया है संस्कृति से,
शक्तिमान सपनों में!
इन दिनों यही भारतवर्ष अगर चाहे, तो छीन सकता है,
मेरे जीवन से, मेरा इतिहास।
मेरे सपनों का स्वदेश।

लेकिन निःस्व कर देने की चाह पर,
भला मैं क्यों होने लगी निःस्व?
भारतवर्ष ने तो जन्म दिया है महात्माओं को!
उन विराट आत्माओं के हाथ,
आज, मेरे थके-हारे कन्धे पर,
इस असहाय, अनाथ और अवांछित कन्धे पर!
देश से भी ज़्यादा विराट हैं ये हाथ,
देश-काल के पार ये हाथ,

दुनिया-भर की निर्ममता से,
मुझे बड़ी ममता से सुरक्षा देते हैं–
मदनजित, महाश्वेता, मुचकुन्द–
इन दिनों मैं उन्हें ही पुकारती हूँ–देश!
आज उनका ही, हृदय-प्रदेश, मेरा सच्चा स्वदेश!

ऐसा एक देश

एक युग से भी अधिक,
मेरा देश तमाशबीन बना,
टकटकी बाँधे देख रहा है मेरी यन्त्रणा!
देश-देश में, मेरा क़ैदी-जीवन,
देख रहा है मेरा देश!
जब दूरी बढ़ जाती है,
तो दूरबीन लगाकर देखता है मेरा देश,
बेभाव ठहाके लगाता है।
पन्द्रह करोड़ लोग काफी मज़े ले-लेकर देखते रहते हैं—मेरा सर्वनाश!

पहले मेरा देश ऐसा नहीं था!
देश में मौजूद थी, दिल जैसी कोई चीज़;
मौजूद थे कुछेक इन्सान जैसे इन्सान, मेरे देश में!

लेकिन देश, अब देश नहीं रहा।
बस, रह गयी है, सिर्फ़ एक ठहरी हुई नदी, चंद गाँव और शहर!
यहाँ-वहाँ चंद पेड़-पौधे, चंद घर-मकान, दुकान-पाट!
धूसर चराचर में इन्साननुमा चंद इन्सान!

कभी मेरे देश में साँसें धड़कती थीं!
सचमुच जानदार हुआ करता था, मेरा देश!
किसी ज़माने में लोग दुहराते-रटते रहते थे कविताएँ!
लेकिन, आजकल दूसरी बार सोचते भी नहीं,
कवियों को देने में निर्वासन!

आजकल ऐन आधी रात को, किसी कवि को
परम निश्चिन्तता से फाँसी दे डालता है, समूचा देश!
पन्द्रह करोड़ लोग मज़े ले-लेकर देखते हैं–मर्मान्तक मृत्यु!

कभी यह देश प्यार करना जानता था,
अब सीख ली है हिंसा, आगभभूखा आँखों की गुर्राहट!
अब देश के हाथों में होती हैं, लपलपाती धारदार तलवारें,
देश की कमर में ठुँसे रहते हैं–मारणास्त्र!
जानलेवा बम-गोले!
अब देश गीत गाना भूल गया है!

एक युग से अधिक
दुनिया तहस-नहस करके,
तन्न-तन्न खोजती फिरी हूँ–देश!
एक युग से अधिक,
आँखों में नींद नहीं,
पागलों की तरह देश-देश रटते हुए
अब, आ लगी हूँ किसी देश के किनारे!
देश के परस के लिए, मैंने हुमक कर,
फैला दी हैं दोनों बाँहें!
मगर सुनती हूँ,
देश अगर मुझे पा जाए, हाथों की पकड़ में,
तो मेरी जान की ख़ैर नहीं!
नहीं रहूँगी मैं सलामत!

मुक्ति

तुम सब मिलकर मेरा कोई एक गुनाह ढूँढ़ निकालो।
ढूँढ़ निकालो, मेरा कोई एक गुनाह,
वर्ना अशुभ होगा, तुम सबका!
तुम सब एकजुट होकर बताओ, किसलिए दिया मुझे निर्वासन?
मेरी वजह से फैली कहीं महामारी, कहीं शिशु-मृत्यु!
मैंने किया है बलात्कार या गण-हत्या जैसा कोई गुनाह—
ऐसी ही कोई वजह, बताओ तो सही!
निर्वासन के पक्ष में कम से कम दो-तीन तर्क खड़े करो!

जब तक कोई तर्कसंगत गुनाह आरोपित नहीं कर पाते,
जब तक कठघरे में खड़ा करके, नफ़रत से उँगली नहीं उठाते,
कुलंगार को दिखा नहीं पाते,
तब तक अपने को माफ़ कैसे कर पाओगे?
कोई गुनाह साबित हो जाता, तो तसल्ली होती, मुझे भी!
अपना निर्वासन इस हद तक निर्वासन नहीं लगता!
पता तो चले, अपना कोई गुनाह, चाहती हूँ मैं भी!
शुभाकांक्षी बनकर तुम्हें फिर गले लगा लूँ, चाहती हूँ मैं भी!

आख़िर कौन-सी भूल पर मुझे बिरादरी-बाहर किया, बोलो!
कोई तो दोष निकालो मुझमें,
दोष निकालकर, दोष-स्खलन करो अपना!
आख़िर क्यों दें मौका, भृकुटि चढ़ाये इतिहास!
टुकड़ा कर मध्य युग लाकर, सभ्यता को कलंकित करने की,
कोई तो वजह, कोई तो सफ़ाई उछालो!

अगर ऐसा न कर सको,
तो मुझे बचाने के लिए नहीं,
अपने को बचाने के लिए—मुक्ति दो मुझे!

हम सब

पिछली रात, मैंने देखा–
एक अदद छिपकली मेरी बाँहों पर रेंगती हुई,
गर्दन तक जा चढ़ी,
गर्दन पार करके, सिर की तरफ बढ़ी,
समूची देह समेत बालों के जंगल में जा छिपी;
दूसरी छिपकली की तरफ आँखें गड़ाये,
करीब दो घण्टों तक, अपलक टकटोरती रही;
मुँह अँधेरे कान पर से रेंगती हुई उतरी
और रीढ़ की हड्डी से चिपककर जम गयी।
दूसरी छिपकली,
दाहिने घुटने से दो इंच नीचे, थिर लेटी रही।
एक पल न हिली, न डुली।
उन्हें हटाने की कोशिश में नाकाम,
आख़िरकार मैंने वही किया, जो हमेशा करती हूँ–
आँखें मूँदे पड़ी रही।
मन ही मन सौ से लेकर एक तक,
उल्टी गिनती फेरती रही, बार-बार!
ना, गिनने की कोई वजह नहीं, फिर भी गिनती रही, बार-बांर।

जिस बिस्तर पर मैं सोती हूँ,
अर्से से वह बिन-धुला, टुकड़ा-भर कपड़ा है,
आस-पास बिखरे हैं, जूठे बर्तन,
आड़ी-तिरछी लकीरों से भरी कॉपी,
चाय के दाग़-धब्बों से पीली पड़ीं, पुरानी पत्रिकाएँ,

गुच्छे-गुच्छे बाल फँसी कँघी,
चिड़वे-मुरमुरों के दाने,
खुले मुँहवाली दवाएँ,
बिना धारवाली, भोथरी पेन्सिल वगैरह के स्तूप!
समूचे बिस्तर पर लंगर डाले हुए, दो सौ काले चींटों की जमात,
आँट-घाट बाँधकर, जुट गयी है, नयी बस्ती बनाने में!

वे सब मुझे दख़ल किये ले रहे हैं,
बेहद क्षुद्र प्राणी हैं वे सब!
सिमटी-सिकुड़ी रहते-रहते मैं भी
उनकी तरह क्षुद्र होती जा रही हूँ!
हैरत है! अब तो एक अदद चींटा भी,
मेरे समूचे तन-बदन पर ध्रुपदी नाचते हुए, जश्न मनाने में मगन!
मगर भूले से भी कभी काटता नहीं।
मुझे विश्वास है—
वे सब समझते हैं मुझे अपना ही, एक जान!
इन्सानों की दुनिया के मुकाबले,
इन कीड़े-मकोड़ों की दुनिया में,
शायद ज़्यादा सुरक्षित हूँ मैं।

छिटपुट बातें

नहाना

बीत रहे हैं, दिन-पर-दिन, मैं नहाती नहीं,
महीनों गुज़र गये, बदन से आने लगी है दुर्गन्ध,
फिर भी नहाने का मन नहीं होता।
आख़िर क्यों नहाऊँ? क्या फ़ायदा नहाने से...
अजीब-सी अनिच्छा मुझ पर दखल जमाये रहती है।

खाना

तीनों जून आता है डिब्बेवाला खाना लेकर,
ख़ाना भले पसन्द आये न आये, खाना पड़ता है,
काश, बिना खाये भी जीया जा सकता,
मैं जरूर कहती—कल से भले कुछ भी दें,
कम से कम खाना न दें।

नींद

सोने जाने से पहले, डरती हूँ—अगर, कुछ हो जाए,
अगर नींद से जागूँ ही नहीं,
सोने के बाद, नींद में भी चौंक-चौंक उठती हूँ, बार-बार।
आस-पास नज़र डालती हूँ,
यह क्या मेरा घर है? न्ना, यह मेरा घर नहीं!

निर्वासन निहायत बुरा सपना है,
यह बुरा सपना मैं दिन-रात देखती हूँ,
नींद में कहीं यह सपना गुम न हो जाए,
इसलिए सोने से डरती हूँ।

चलना-फिरना

अगर चलना-फिरना नितान्त ज़रूरी हो,
तो चारदीवारी में घिरे, उस चौकोर कमरे में चलो-फिरो–
यही हुक्म जारी हुआ है।
बहरहाल, कमरा पड़ा रहता है, कमरे की तरह,
शाही हुक्म को तहत लाचार मैं,
स्तब्ध-सी कोने में बैठी, सोचती रहती हूँ,
ऐसी विशाल-विस्तृत यह दुनिया,
इतनी कंजूस, इतनी तंगदिल कब से हो गयी?

भेंट-मुलाकात

सुना है, जेल के भी कुछेक नियम होते हैं,
भेंट-मुलाकात का समय वगैरह भी दिया जाता है,
एक मेरा ही कुछ नहीं है।
अकेले मेरा ही नहीं होना चाहिए कोई स्वजन-बन्धु!
जेल की सुविधा की माँग करते हुई, आवेदन भेजती हूँ, हर दिन,
निरुत्तर रहता है–भारतवर्ष।

मेरा बांग्ला

मेरा बांग्ला अब बांग्ला नहीं रहा
सोने का बांग्ला, अब घिस-घिसकर झर चुका है!
मेरे रुपहले बांग्ला की देह पर, अब जंग लग चुकी है!
पूरब-पश्चिम अब, एकाकार!
छड़ी घुमाते हैं धर्मान्ध लोग,
सिर झुकाये चलते हैं डरपोक लोग!
जरूर यह युग, कबन्ध-युग है!
(सिर-विहीन, सिर्फ़ धड़ों का समय)

साहस और सच्चाई निर्वासित हो चुकी है,
बांग्ला अब कुचक्री हुक्मरान और ताबेदारों से ठसा हुआ!
बाकी लोग निर्लिप्त ज़िन्दगी गुजारते हुए,
या तो जड़ हैं, या कूड़ा-करकट!

मेरी आँखों में जितना जल संचित है,
दिया, मैंने इस बांग्ला के लिए दिया
काश, उर्वर हो उठे यहाँ की माटी, कभी, किसी दिन!
जन्म ले इन्सान!
अभागा बांग्ला,
लोग-बाग़ के रसने-बसने योग्य हो सके,
कभी, किसी दिन!

प्रश्न

मेरे मरने के बाद, मेरी लाश रख आना वहाँ!
मेडिकल स्कूल के चीर-फाड़ कक्ष में।
मरणोत्तर देह-दान, मैंने किया है वहाँ
छोड़ आना मेरी लाश, कलकत्ता शहर में!

जीते-जी मुझे क़बूल करने को राज़ी नहीं, वह शहर,
मरने के बाद तो मुझे क़बूल करेगा,
मेरा प्रिय कलकत्ता शहर!

सुरक्षा

इसी तरह,
जैसे रखा है तुमने, उसी तरह रहना होगा—
अगर, मुझे रहना है!
अगर मैं रहना चाहूँ नितान्त इसी देश में!
रहना होगा इसी तरह कारागार में! बन्द कमरे में! निचाट अकेली!
कितने दिन? कितने माह या साल?
इसका कोई ठीक-ठिकाना नहीं।
क्या किसी दिन भी पा सकूँगी जीवन?
तय नहीं!
यूँ नज़रबन्द रखने की वजह?
बाहर, निकली तो हो सकती है, ढेरों लोगों की मौत
मैं अचकचा जाती हूँ—मेरी वजह से?
वह शख़्स नज़रें झुका लेता है—हाँ!
'एक बार मुझे मुक्ति देकर, तो देखो,
देखो, कि कितना बेसिरपैर का है यह आरोप—'
मैं कहती हूँ!
इधर इन्सान है कि यह सोचे बैठा है,
मानो ये तमाम आयोजन मेरे लिए हैं,
यह अभेद्य सुरक्षा मेरे लिए हैं,
ताकि मैं मरूँ नहीं!
ख़ैर, किसी न किसी को सुरक्षा देना ही होती है,
दुनिया का शायद यही नियम है।
किसी न किसी को गुम होना ही होता है,
अजीबोगरीब अँधेरे में!

मेरी क़ैद, कुछेक लोगों को सुरक्षा देती है,
मेरी क़ैद, कुछेक लोगों को अकल्पनीय निश्चिन्तता देती है,
मेरा यह जानने का बेतरह मन होता है,
कौन हैं, वे कुछेक लोग?
वे लोग क्या राह-चलते लोग हैं?
या रंगे-पुते घर-मकानों के लोग?
क्या सच ही इन्सान हैं वे लोग?
या लोगों की महज लोकातीत लोकनीति?
आख़िर कौन हैं वे लोग?
जिन्हें ज़िन्दा रखने के लिए, हर दिन, हर पल,
मुझे देखना पड़ता है—
मृत्यु का विकराल-बीभत्स चेहरा!

सुरक्षित घर

ऐसे एक सुरक्षित घर में रहने को विवश हूँ मैं,
जहाँ अच्छा न लगने पर भी,
यह जताने का कतई हक नहीं है कि–
मुझे अच्छा नहीं लगता।
ऐसा सुरक्षित घर है यह,
जहाँ तकलीफ झेलती रहूँ,
मगर रो नहीं सकती।
मुझे झुकाये रखनी हैं नज़रें, ताकि कोई देख न ले,
मेरी कोई अनिर्णीत यन्त्रणा।
ऐसा घर है, जहाँ अपनी इच्छाओं को,
हर दिन, अलस्सुबह कत्ल करना पड़ता है;
शाम उतरने से पहले ही,
घर के आँगन में दफ्न कर देना पड़ता है,
इच्छाओं की बेजान लाश!

लम्बी-लम्बी उसाँसें बिखेरकर तोड़ती रहती हूँ,
सुरक्षित घर की निस्तब्धता!
लम्बी उसाँसों के अलावा, कहीं कोई आवाज़ नहीं होती,
न घर, न बाहर!
हर रात डरी-डरी-सी सोती हूँ, सुबह-सुबह डरी-डरी-सी जागती हूँ!
जितनी देर जगी होती हूँ,
मन ही मन अपनी छाया से बोलती-बतियाती रहती हूँ!
पता नहीं, कहाँ से तो फुफकार उठता है, ज़हरीले दाँतोंवाला साँप,
भयंकर क्रोध और नफ़रत उगलते हुए,
दिन-दिन भर, मेरे समूचे तन-बदन पर, सरसराता रहता है;

फूत्कार कर कहता है—जाओ, चलो जाओ,
सीमा-पार! कहीं दूर!
जहाँ काक-पंछी भी नज़र न आयें,
छाया-लिप्त देह पर रेंगता रहता है—
'जाओ, जन्म भर के लिए, कहीं दफा हो जाओ!'

सुनो, दोस्तो, सुनो, दुआ करो,
इस सुरक्षित घर से,
कभी, किसी दिन, सुरक्षित निकल सकूँ! सही-सलामत!
दुआ करो कि कभी, किसी दिन,
'असुरक्षित घर' में रहने का संयोग,
मुझे नसीब हो!

मुनिया की बात

मुनिया को छोड़ आना पड़ा कलकत्ते में ही,
बेचारी ने अर्से तक खाना-पीना भी छोड़ दिया!
अभी भी उदास सूरत बनाये, बैठी रहती है खिड़की पर!
गिनती रहती है दिन!

सर्दी का पूरा मौसम, उसे अकेले ही गुज़ारना पड़ा, इस बार!
नरम लिहाफ़ तले, मेरी गर्माहट, महसूस करते हुए,
इस बार, उसे नहीं मिला, सोने का मौका!
इस बार, मेरे इन्तज़ार में ही उसने गुज़ार दिया जाड़ा!
अब कहीं गुज़ारनी न पड़ें, गर्मी की छुट्टियाँ भी।
चाहे जैसे भी हो, मैं ही उसे चाहिए,
वापस चाहिए, उसे वही निश्चिन्त दिन!

गड़ियाहाट से उठाकर लायी गयी वह बच्ची,
कुछ ही वर्षों में,
धीरे-धीरे बन गयी, मेरे कलेजे का टुकड़ा!
स्वजन के नाम पर, एक मैं ही तो हूँ उसकी,
अकेली मैं ही हूँ, उसकी दुनिया-जहान!
मेरी वह किशोरी मुनिया,
अपना घर-द्वार, अपना बिस्तर-तकिया छोड़कर,
धूप-नहाया अपना प्रिय बरामदा छोड़कर,
त्यागकर अपना खिलौना-चुहिया,
मरी-मरी-सी बैठी रहती है, सीलन भरे अँधेरे में!
दिन ढलते ही धार-धार बहने लगते हैं आँखों से आँसू!
सुनो, मेरे कलकत्ता, मुझे तो नहीं दिया,

लेकिन, मेरी निराश्रित मुनिया को, तुम देना आश्रय!
मुझे तो तुमने नहीं रखा,
मगर मेरी अनाथ मुनिया का रखना तुम ख़्याल,
करना देखभाल!

दुःसमय

एक

कूपमण्डूकों का दल भले विरुद्ध हो जाए,
कट्टरपन्थी भले हुंकारते हुए हमलावर हों,
भले सिर-कटे लोग घेरे-दबोचे रहें,
मगर इन्सान साथ होता है,
शुभाकांक्षी इर्द-गिर्द बने रहते हैं!

जब राज्य खदेड़ देता है;
जब सत्ता विपक्ष में खेमा जमाती है;
जब राष्ट्रतन्त्र विरोध में खड़ा हो जाता है;
लोग पीछे खिसकने लगते हैं,
इन्सान फ़रार हो जाता है;
तथाकथित परिचित, सुरक्षित आड़ खोजते हैं;
आँखें चुराने लगते हैं प्रतिष्ठान,
गैर-सरकारी छोटे-छोटे दल, छोटे-छोटे खड्डों में जा छिपते हैं;
आँखें मूँद लेते हैं स्वनामधन्य लोग!
जिन्हें अपना यार-दोस्त जाना-माना,
वे लोग भी अचानक व्यस्त हो गये हैं, कहीं और!

सिर्फ़ गिनती भर लोग साथ हैं,
कुछेक सच्चे-असली इन्सान!
साहस और वफादारी के दम-खम के साथ,
चंद सच्चे, निःस्वार्थ दोस्त!

दो

आजकल वे लोग जुलूसें निकाल रहे हैं,
हाथों में रौशन मोमबत्ती लिये, हमक़दम चल रहे हैं,
शाम के शहर में!
एकजुट होकर न्याय माँग रहे हैं, न्याय के ख़िलाफ़!
कौन कहता है, यह जंग अकेली मेरी है?

अगर जीत गयी वाक्-स्वाधीनता,
होगी इसी देश के लोगों की विजय!
यह अकेली मेरी नहीं, यह है स्वप्निल लोगों की जंग!
यह दुःसमय,
अकेले मेरा नहीं, हम सबका है दुःसमय!
अगर, किसी दिन मुक्त-चिन्तन की फतह हुई,
यह व्यक्तिगत मेरी नहीं,
सैकड़ों गुने ज़्यादा होगी भारत की फतह!

अकेले मेरा कुछ भी नहीं!
दरअसल, वे लोग मेरे साथ नहीं,
मैं ही हूँ उनके साथ!
उन तमाम धरना-हड़तालों के साथ!
अनशन के साथ!
मैं ही साथ हूँ, जुलूसों में अँटे इन्सानों के साथ!
मैं ही हूँ भारत के साथ!
घोर अनिश्चयता और अँधेरे के बावजूद, मैं हूँ साथ-साथ!

साफ़ बात

तुम्हारे ही घर से तुम्हें छीनकर ले गये हैं, वे लोग
तुम्हें, तुम्हारी ही ज़िन्दगी से झपटकर, क़ैद कर दिया है मतदान पेटी में!
एकाध मामूली-सा भी मौका नहीं,
कि एक बार छू सको, अपने किसी स्वजन का हाथ,
तुम्हारी ज़िन्दगी का कण भर भी नहीं, तुम्हारी दख़ल में,
जिसे तुम जी सको,
तुम्हें इतना भर भी हक़ नहीं!
तुम मानो या न मानो, अब तुम दूसरों की सम्पत्ति हो,
तुम्हारा कुछ भी, अब तुम्हारा नहीं
कमरा भर हाहाकर के अलावा,
तुम्हारे लिए अब बूँद भर भी नहीं कुछ हासिल!
आज़ादी तो है अब, सात समुन्दर-तेरह नदी पार कर किस्सा!

वे लोग चाहते हैं, तुम पागल हो जाओ!
वैसे तुम्हारी नसों में हो अगर, ज़्यादा ताक़त,
अगर तुम पागल न भी हो सको,
तो छोड़ दो यह देश,
चाहे जैसे भी हो, यह देश छोड़ दो।
यह देश तुम्हारा नहीं!
किसी भी माटी से चिपककर, आख़िर कोई कब तक पड़ा रह सकता है?
इतनी नफ़रत, इतनी थूथकार, इतने लात-जूते,
आख़िर कब तक सह सकता है वह शख़्स,
जिसने हमेशा सिर उठाकर जीना सीखा हो?
चाहते हैं वे लोग,

अगर पागल न भी हो सको, देश अगर न भी छोड़ो,
तो कम से कम, मर जाओ!

कल तुमने साफ़-साफ़ बता दिया—
'अब, जो भी हो, सो हो,
फिलहाल, इनमें से एक की भी, कोई सम्भावना नहीं,'
कृतज्ञता जताते हुए, तुमने विनीत लहजे में कहा—
तुम्हें दिनोंदिन असम्भव सहनशील बनाने के पीछे,
अवदान है उन्हीं लोगों का!
अब, तुम्हें आग में भी झोंक दिया जाए,
तो तुम जलोगी नहीं,
जल-जलकर राख नहीं होगी,
यकीनन, बनोगी—फ़ौलाद!

निषिद्ध वस्तु

कभी मैं भी तो थी इन्सान,
मेरा भी था समाज! घर-द्वार! सपने!
बरामदे में फूल-पौधे, बाज़ार-हाट, शाम को थियेटर,
दोस्तों के घर—और लोगों की तरह, मेरा भी था!
चुटकी बजाकर, अचानक चंद लोगों ने पलभर में,
मुझे 'निषिद्ध वस्तु' बना दिया।

क्या नुकसान किया था, मैंने, किसी का?
कुछ भी तो नहीं था मेरा, सिर्फ़ था एकाध सपना भर,
उन्हीं सपनों के सहारे, जी रही थी, सुख-चैन से!
व्यस्त शहर की भीड़भाड़ में, भीगते हुए धूप में,
और लोगों की तरह ही, मेरा वह मामूली-सा जीना—
कोई छीन लेने को, आख़िर क्यों आमादा हो गया?

'निषिद्ध वस्तु' को खड्डे में गाड़ रखा है, राजा के लोगों ने,
'धर्म-ध्वंसक डायन को पकड़ लिया गया, आख़िरकार'
नगाड़ा पीट-पीटकर, फैलायी है ख़बर, समूची दुनिया में!
धर्मान्धों के मुँह-बाये कोटर में, उँड़ेल रहे हैं, लज़ीज आहार,
थमा दिया है हथियार,
उग्रपन्थियों की ज़ुबान से, झरता है, धधकता हुआ लावा!

मेरा जीवन, आख़िर जीवन है, कोई खिलौना नहीं!
जनता की अदालत इन्साफ़ करे,
क्या कहीं, ऐसी, कोई अदालत नहीं?

कलकत्तेवाला मेरा घर

कैसा है तू, मेरे घर?
तू बेहद अकेला हो गया है न?
मैं भी? अकेली मैं भी बे-ह-द!
रात को डर जाता है न,
जब अचानक धड़ाक से,
खुल जाती हैं खिड़कियाँ?
कोई देता है, दरवाज़े पर दस्तक!

धूल-धूसरित घर-बरामदा,
कोई घुस तो नहीं आया? लगा रहता है धड़का!
चोर-डाकुओं ने तो अति कर दी है आजकल,
या फिर हवा ही देती है दस्तक? तूफानी हवा?
वैसे अब हवा भी कहाँ है?
शायद मैं ही दाखिल होती हूँ!
मन ही मन शायद मैं ही!
चक्कर लगाती रहती हूँ कमरों में!
पहचान लेता है अँधेरे में,
टेर सकता है, क़दमों की आहट?

सुन ओ मेरे घर! लिखने के कमरे की देखभाल पर रखना नज़र!
सारा कुछ तो उसी कमरे में संचित है, रे!
ज़िन्दगी ही तो बस, 'लिखते रहने' की ज़िन्दगी है,
नौ-नौ अलमारियाँ, किताब-पत्तर,
लिखने-पढ़ने की दुनिया—
वह सब छोड़कर, क्या मैं खैरियत से रह सकती हूँ भला?

मन ही मन शायद मैं ही,
अशरीरी छाया-सी चहलक़दमी करती हूँ,
पीछे छोड़ आये घर-द्वार में,
ढुलका आती हूँ आँखों के आँसू!
बरामदे के पौधों को सींचे, ऐसा कोई नहीं है वहाँ!
आँखों के आँसू क्या बचा नहीं लेंगे पौधे?
मेरी आँखों में है नदिया भर पानी,
समुन्दर चाहिए, तो बता, भेज दूँगी।
सुन, मेरे घर! तू रहना सही-सलामत!

तेरे बिना, निर्वासन में,
मन नहीं टिकता, पल भर भी,
घर में नहीं है, वह बिलैया भी!
खाँव-खाँव करते घर में,
तू ही पड़ा है, धूल-धूसरित!
सुन, तुझे पोंछ दूँगी आंचल से,
धोऊँगी आँखों के आँसू से
बस, ज़रा इन्तज़ार कर, मेरे घर!
तू क्या सिर्फ़ घर है?
तू तो है मेरा खोया हुआ देश!
तू तो है मेरी मातृभाषा,
तू क्या सिर्फ़ घर है?
पूरे एक युग से भी ज़्यादा,
मैंने तुझे छाती से लगाकर पाला,
तू तो जानता है सब!
'मेरे अर्से का सपना' कहकर तुझे,
कितना-कितना याद करती हूँ!
तू सुनता है न सब, मेरे घर?
तू जीते रहना, मेरे घर,
मुझे भी ज़रा-ज़रा ज़िन्दा रखना!

देते रहो तसल्ली

उम्मीदें ज़रा-ज़रा करके,
आँखों के आँसुओं के मानिन्द, झर गयीं टप्! टप्! अनायास,
उम्मीदों को उड़ाये दे रही है,
नाउम्मीदी की लू-हवा-वाताश!

इस कठोर निर्वासन में,
स्वजन-बन्धुओं से कटी हुई अचल,
कोई गुनाह किये बिना ही गुनहगार,
घोषित होने वाला मृत्युदण्ड, किभी भी पल!

बूँद भर उम्मीद की उम्मीद में, बैठी रहती हूँ दिन भर,
काश, किसी फाँक-फोकर से, भूले से ही दाखिल हो अन्दर!
जगी रहती हूँ रात-रात भर, धूल पर झुकी-झुकी मुँह के बल,
खोजती हूँ, कहीं तो झिकमिका उठे उम्मीद, कण भर!

लेकिन, कहीं, कुछ नहीं!
ज़िन्दगी बिछा दी है मैंने,
हो सके, तो थमा दो, थोड़ी-सी उम्मीद,
बूँद भर ही सही, कोई बात नहीं, फिर भी दो,
झूठमूठ ही सही, दो! फिर भी दो!

सात महीनों की शोकगाथा

अपराधी परम निश्चिन्त होकर, गुज़ारते हैं अपना जीवन,
धप्पेबाज़ी, धर्म-धन्धा, सारा कुछ बेभाव जारी है!
सीना तानकर टहल देते हैं मुहल्ले में
किये जाएँ और कौन-कौन-से अपराध, मतलब गाँठते हैं!
खासे ऐश में हैं अपराधी, भारतवर्ष में,
किसी में नहीं इतनी हिम्मत कि वे छुएँ उनका बदन!

जुर्म उन लोगों ने किया, इसकी सज़ा उन्हें नहीं, मुझे मिली!
सज़ा मुझे मिली, क्योंकि उन्होंने किया अपराध, मेरे ख़िलाफ़!
चूँकि उन्होंने दी है धमकी, मुझे देश छोड़ने के लिए,
देश छोड़ने को लाचार करने के लिए,
पिछले सात महीनों से चल रही है तैयारी,
चूँकि मेरी हत्या का नाजायज़ फतवा जारी हुआ है,
तोड़ा है देश का क़ानून–इसकी सज़ा उन्हें नहीं, मुझे मिली है।

मैंने कोई जुर्म नहीं किया, अस्तु मैं इन्तज़ार में हूँ,
देखती हूँ, झटके से खींचकर,
किसी बेकसूर की ज़िन्दगी, किसी अज्ञातवास में टाँगकर,
कितने दिन रख सकता है कोई देश!
देखती हूँ, सौ करोड़ लोगों के देश को,
आख़िर कितने दिन लगते हैं, बनने में इन्सान!

यह देश मेरे पुरखों की मातृभूमि है, इसलिए नहीं,
इसकी हवा-पानी में मैं बड़ी हुई, इसलिए भी नहीं,
इसकी संस्कृति ने मुझे समृद्ध किया, इसलिए भी नहीं,

मेरा दावा इसलिए है कि मैं भी हूँ इन्सान!
इन्सान हूँ, इसलिए है मेरा दावा
गुनहगार को सज़ा न देना अगर नीति है, तो हो!
मगर बेगुनाह पर अत्याचार करना—
हरगिज़ न हो इस देश की नीति!

(9 अगस्त, 2007 से तसलीमा गृहबन्दी हैं। कलकत्ते में चार महीने और बाद में तीन महीने से दिल्ली में गृहबन्दी)

ज़िन्दा हूँ

घुप्प अँधेरे में, अजीब-सा अज्ञातवास,
जड़-असार-सी पड़ी हूँ मैं, कोई नहीं आता पास!

टकटोरती रहती हूँ आसमान, चातक-सी पड़ी-पड़ी,
हैरत है, इन्सान से, चाँद ने भी सीख ली धोखाधड़ी!
जीवन में अमावस उँड़ेलकर, फ़रार हुई जाती है पूर्णिमा,
पीछे-पीछे दौड़ती हुई टेरती रहती हूँ–
आ, लौट आ!

चाँद को क्या फर्क़ पड़ता है?
अब तो इन्सान के पास, टिकता नहीं इन्सान भी,
खोजता है दूरी,
आत्मा के आत्मीय, जन्म-जन्म का परिचित इन्सान!

दक्षिण से उत्ताल हवाएँ, दौड़-दौड़कर आती हैं छूने!
अब तो हवा ही आसरा-भरोसा थी, अज्ञातवास में!
हाय री तक़दीर! हवा भी उजाड़ने को, हहराकर टूट पड़ी अन्धाधुन्ध,
ज़िन्दगी में जो भी था-न था, एकबारगी लिया छीन!

आकाश से मैं कुछ नहीं चाहती! वह मुझे क्या देगा?
देगा भी तो बड़ी-सी शून्यता!
काफी है यही, मेरे लिए, यही समेटकर मैं जीती हूँ!
यही लेकर भारत के अज्ञातवास में ज़िन्दा हूँ।

ऊँचे दर्ज़े का इनसान

(शिवनारायण राय को श्रद्धांजलि)

एक शख़्स था मेरे साथ,
मेरे हर दुःख में मेरे साथ!
मैं होती थी, दुनिया के किसी भी छोर पर, वह पास था!
निर्भीक, योद्धा इन्सान
प्रशासन न हो मेरे साथ, प्रतिष्ठान न हो मेरे साथ,
उसने नहीं की परवाह, वह रहा मेरे साथ!
वह था इतना ऊँचा इन्सान, उस तक पहुँचना,
उन धधकती आँखों में देखना, किसी के लिए नहीं था आसान।

अभी हाल में, मेरे इस दुःसह वास में,
धज्जी-धज्जी बिखरी हुई मैं, और मेरे सपनों की टूटन में,
बूँद भर भी कातर हुए बिना, उसने कहा—
लिखो, जहाँ भी, जैसे भी रहो,
जिस भी देश में, जिस भी हाल में, लिखती रहो,
तुम्हारी ज़िन्दगी है, तुम्हारी कलम!

शिथिल हो आये हाथों की कलम,
मैंने फिर थाम ली है, अपने हाथ में कसकर,
मेरे पास था, वह इन्सान! साथ था, आग की तरह!
भले मुझे त्यागकर, खिसक ले सारी दुनिया,
फिर भी अगर कोई है मेरे साथ, तो वह है! वही है!

एक-एक करके खोते जा रहे हैं ऊँचे लोग,
निर्भीक-निःस्वार्थों की गिनती,

एक-एक कर घटती हुई, आ पहुँची है शून्य तक!
इस डरपोक, स्वार्थान्ध और टुच्चे लोगों की दुनिया में,
होती जा रही हूँ, निचाट अकेली!
बहरी हुई जा रही हूँ, उनकी चीत्कार और धौंस से,
उसकी आगभभूखा आँखें देख-देखकर, गूँगी!

नहीं रहा ऊँचा इन्सान
शीतार्त अँधकार, ग्रास किये ले रहा है,
मेरी निःसंग दुनिया!

मौसी

('बांग्लादेश, तसलीमा की माँ है, पश्चिम बंगाल तसलीमा की मौसी है–' अन्नदाशंकर)

सगी माँ से भी ज़्यादा होता है, मौसी का प्यार-छोह–
किसी ज़माने में कहते थे लोग!
वन-जंगल, झाड़-झंखाड़, नदी पार करके, मौसी की गोद में,
आयी थी रोने, अपनी माँ के शोक में!

उसी मौसी ने नहीं दी गोद,
रोने के लिए नहीं दिया कन्धा,
मौसी का यह बनैला फूल,
अचानक हुई नज़रों का शूल!

अब मौसी ही खदेड़े सुबह-शाम,
मौसी ही दुरदुराये–जा, मर जा!
अब अनाथ लड़की जाए कहाँ?
किस मुलुक में खोजे माँ?

मैं कुशल नहीं हूँ,
तुम सकुशल रहना, प्रिय कोलकाता!

मैं कुशल नहीं हूँ,
इस तरह सकुशल नहीं रह सकता, कोई भी, कहीं भी!
इसी तरह रखा है तुमने मुझे, कोलकाता! निर्वासन में!
इसी तरह बिरादरी-बाहर! इसी तरह अन्धे कुएँ में!
पीसते रहते हो पाँवों तले, प्रतिदिन,
पाँवों तले कुचलते हो, हर दिन,
चूँकि मैंने खोली ज़ुबान, तुमने मरोड़ दी गर्दन,
चूँकि लिखती हैं मेरी उँगलियाँ, तुमने काट लिये हाथ!
मैंने नहीं की, किसी की हत्या, न किसी का नुकसान, न किसी पर पथराव,
चूँकि मैंने मानवता के पक्ष में, ज़ुबान से निकाले कुछ शब्द,
इसीलिए मैं नापसन्द, तुम्हारी नज़र में!
तुम्हें पसन्द नहीं हूँ मैं,
क्योंकि मेरी ज़ुबान पर आये, कुछेक अप्रिय सच!

तुमने मुझे उजाड़ा, मेरी मातृभूमि से,
उजाड़ा मुझे लोग और माटी से,
उजाड़ा मुझे जन्म-जन्मान्तरों के इतिहास से,
उजाड़ दिये मुझे घर-द्वार-घोंसले से,
दुनिया में, मेरे सबसे आख़िरी पनाह से!

मैं कुशल नहीं हूँ, तो तुम्हें क्या?
तुम रहना सकुशल!
तुम ठहरे बड़े-बड़े कवियों के शहर,

साहित्यकारों के शहर,
दार्शनिक, शुभ-बुद्धियों के शहर,
तुम हो भारत के सर्वाधिक प्रगतिशील शहर–कलकत्ता!
तुम हो संस्कृति के पीठस्थान-कलकत्ता!
तुम सकुशल रहना!
तुम राजी-खुशी रहना-कलकत्ता,
डूबे रहना, नाच-गान में, उत्सव-समारोह में,
मेले-ठेले में खुश-खुश रहना!
तुम तो हो महान्! हो विराट!
तुम लगाते रहो अट्टहासी ठहाके, देखे दुनिया!

वह गुलाब, वह जल

**(भारत के स्वतन्त्रता-संग्राम में शामिल,
विराटी-निवासी-अनिल दत्त को)**

एक थे, मुक्ति-योद्धा,
भेजते थे हर दिन, मेरे घर, गुलाबों का गुलदस्ता!

उन्होंने जंग की थी, इस देश की आज़ादी के लिए,
की थी जंग, गणतन्त्र के लिए,
लड़े थे वाक्-स्वाधीनता के लिए,
उनकी तरफ से मिलते थे गुलाब, हर दिन!

क्षमता का चाबुक बरसाकर,
जिन लोगों ने नहलाया मुझे ख़ून में,
खूबसूरत-से स्वप्नलोक में,
किया मुझे ज़ख्म-ज़ख्म! हर दिन!
उन लोगों ने सिर्फ़ मुझे ही नहीं,
उस मुक्तियोद्धा पर भी चाबुक बरसाकर,
भिगोया है ख़ून में, हर दिन!
नहीं जानते वे लोग,
ख़ून से भी ज़्यादा सुर्ख है,
मुक्तियोद्धा के गुलाबों का रंग!

अब, गुलाब नहीं,
किसी ठिकानाहीन ठिकाने पर,
मन ही मन मेरे लिए भेजते हैं, आँखों के आँसू!
अब, हर दिन, करती हूँ, उन आँसुओं से अपने ज़ख़्मों की सुश्रूषा!

यादों के गुलाबों से लेकर खुशबू,
इस दमघोंटू परिवेश में लेती हूँ साँसें!

इस आज़ाद देश की गुप्त कोठरी में,
ग़ुलामी की सख़्त ज़ंज़ीर में बँधी,
मैं ठहरी निर्वासित, निःस्व एक अदद औरत!
आज, किसी मुक्तियोद्धा में भी नहीं,
मुझे मुक्त करने की ताकत!

शायद बेहद मुश्किल है,
इस जीवन में पाना आज़ादी!
चलो, अब से पुकारूँगी उन्हीं गुलाबों को—आज़ादी!
अब से, उन आँखों के आँसू ही—मेरी आज़ादी!

आज अगर गाँधी जी ज़िन्दा होते

आज अगर ज़िन्दा होते गाँधी जी,
बन्दी-शिविर से चाहे जैसे भी हो—
मेरा उद्धार करते
सुरक्षित घर पहुँचा देते!
मैं कसम खाकर कह सकती हूँ, ज़रूर पहुँचा देते!
चूँकि दिल नाम की कोई चीज़ थी, उनके अन्तस में, वे ज़रूर पहुँचा देते!

घर-द्वार, अहाता-आँगन में,
निश्चिन्त चलते-फिरते, उमड़ता उल्लास,
बूँद-बूँद सपने सजाये, संसार-सागर में,
मेरी संजीवनी तैराकी देखकर
वे बड़ी ममता से मुस्कराते-हँसते
चूँकि दिल नाम की कोई चीज़ थी, उनके अन्तस में!
मुझे मेरी तरह,
ज़िन्दगी गुज़ारने की अनुमति देकर,
मुझे पक्का विश्वास है, वे चैन महसूस करते!

गाँधी जी अगर ज़िन्दा होते आज,
देश की बदहाली देखकर उन्हें दुःख होता!
कट्टरपन्थी उग्रवाद के विरुद्ध,
असहयोग आन्दोलन का आह्वान करते,
ज़रूर करते,
मुझे तो ख़ैर, कितना-सा,
मुख्यतः देश को बचा लेते।

बंगाली

मेरी तरह ही, बंगालियों को भी,
बांग्लादेशी ही कहता है भारतवर्ष!
बांग्लादेशी वस्त्र होते हैं, शस्त्र भी,
लेकिन बंगाली, बांग्लादेशी कैसे हो गया?
बंगाली क्या सन् इकहत्तर में जन्मा है, इस देश में?
सच तो यह है कि हज़ार-हज़ार वर्षों से,
वहन करते आये हैं, महान् जाति-सत्ता!
हज़ार-हज़ार वर्षों से उनकी नसों में बहती है—संस्कृति!

अच्छा, फ़र्ज़ करें, बांग्लादेश का नाम बदल जाए,
आज, उसे नाम दिया जाए लक्ष्मी-वाहन उल्लू?
तो क्या बंगाली को, लक्ष्मी-वाहन उल्लू कहेंगे?

पूर्वी बंगाल का नाम बदला, तो बना पूर्वी पाकिस्तान,
वह नाम भी जब बदला, तो बन गया बांग्लादेश!
यानी देश बदलता है, नाम भी बदल जाता है,
बहुत बार धर्म-कर्म भी बेभाव बदल जाता है।
राजनीति बदल देती है, चुटकी में काफी कुछ!
तो क्या बदल जाती है, संस्कृति-परम्परा भी?
देश के नाम के अन्त के साथ,
क्या अस्तित्व का भी अन्त हो जाता है?

नाम बदलकर बांग्लादेश, सिर्फ़ बंगाल ही कहलाये,
तो अनाड़ी लोग, क्या बंगाली को पुकारेंगे, उनके सटीक नाम से?

पुस्तक मेला

पूरे वर्ष भर बैठी रहती हूँ, इसी मेले के इन्तज़ार में!
इसी मेले की अली-गली में, भीड़भाड़ में,
नयी-नकोर किताबों की खुशबू में,
धूल-रेत अँटी धूसर हवा में,
—गुम हो जाने के सपने देखती हूँ।
इसी मेले के इन्तज़ार में, आकाश-पार की उत्ताल हवा में,
अपनी मन-मर्ज़ी की पतंगें उड़ाती हूँ!
साल-दर-साल इसी मेले की राह देखती हुई,
सीलन भरे कमरे के कोने में भी,
बेहद चुपचुप, महाखुशी में, जीती रहती हूँ, सपने समेत!

मेरी तो नहीं है, कोई पूजा-अर्चना, ईद या बड़ा दिन,
मेरा तो बस, एक मेला है, प्राणों का मेला!
इसी एक मेले में इन्सान, मुझे लगते हैं अपने करीबी लोग!
सात-सात नदियाँ पार करके, यहाँ आये हुए लोग,
कुछेक लोग तो दिल छू लेते हैं गहरे तक!
यह मेला ही है, धर्म-कर्म, धूपकाठी, दूब-धान!
बस, यही एक पर्व! यही एक सुख! मैं अपने लिए सँजोये रखती हूँ!
नहीं, मुझे कोई दिलचस्पी नहीं उद्योग-मेले में!
रेसकोर्स या जुआखानों में, न व्यवसाय-कारोबार में!
ना ही शाम ढले किसी उत्सव में, न कॉकटेल में!
बस, सिर्फ़ यही एक पुस्तक-मेले में!
यही मेला देता है मुझे, शैशव या किशोर उम्र,
देते हैं, ब्रह्मपुत्र की दलदली माटी का आनन्द!
इसी मेले के समूचे तन-बदन पर लिखी होती है—मातृभाषा!

सिर पर मिलता है स्नेहसिक्त माँ का आँचल!
दूसरे शब्दों में, इसी मेले को ही कहती हूँ--जीवन!
तुमने छीन लिया यह भी?
स्वदेशहीन! स्वजनहीन!
सर्वहारा, निःस्व, मामूली औरत का इतना-सा भी सुख?
छाती पर होकर हमलावर,
महज एक ही पंजे में दबोच लिया तुमने, भारतवर्ष?
दाँत गड़ाकर, एक ही कट्टे में चीथ लिया, जो कुछ-भी-था, स-ब?
दिल नाम की क्या कोई चीज़ नहीं होती, भारतवर्ष?
तो फिर कहाँ होता है दिल, भारतवर्ष?

भयंकर

...बल्कि बाघ-टाघ की बात करो,
काले हिरण की चर्चा करो,
इन्सान की बात मत करो,
इन्सान हद भयंकर होते हैं।

बाघ से करो छेड़छाड़, तो ख़ैरियत नहीं,
हिरण पर हाथ उठाये, तो बेमौत मरोगे
हाँ, इन्सान को छेड़ो, तो चलेगा,
बम मारकर उड़ा भी दिया, तो ठीक है!
जो इन्सान तथ्यों की बात करें, तर्क करें, सोच-विचार करें,
फैलाएँ चिन्तन का रोग,
वे लोग इन्सान नहीं, होते हैं—आग!
अब, चाहे जैसे भी हो, आग बुझानी होती है।

जो मानस है जन्तु समान,
न चिन्ता, न फ़िक्र, हैं खासे मज़े में!
खाते हैं, पीते हैं और सो जाते हैं,
जैसे और लोग चलते हैं, वैसे ही चलते हैं,
उन्हें ज़िन्दा रखो!

जन्तु तो बस, खाते-पीते-सोते हैं,
और जंगल की शोभा बढ़ाते हैं!
चिन्ता शक्तिहीन ये लोग भी,
समाज के जंगल में बसे,
अर्से से समाज की शोभा बढ़ाते हैं।

चलो, जीते रहें ये ही लोग! दूध-भात में!
चिन्तकों की बात मत करो,
छल-बल-कौशल से उन्हें क़ैद करो,
हो सके तो उन्हें मार डालो!

मत करो उनकी बात,
बल्कि और कोई बात करो,
हरिन-टरिन...

वे तमाम दिन-1

किसी एक दिन मुझे,
किसी बर्फ़ीले प्रदेश के निर्वासन में भेज देगा—भारत देश!
जम-जमकर बर्फ़ होते-होते, मैं माँगती रहूँगी, थोड़ा-सा उत्ताप!
दूर परदेश में ऐसा कौन है, जो कुछ देगा भला?
एकमात्र यादें हैं, जो शायद बचा लें मुझे!

अगर गुज़रे हुए दिन ही मुझे देंगे उत्ताप, तो यही सही!
मेरे अन्दर छाया हुआ है, कलकत्ते का विराट आकाश,
बिलैया से भरे-पूरे घर में,
शाम ढले आती थीं, सुस्मिता, हाथों में लिये कुछ-न-कुछ का दोना,
कभी राबड़ी, कभी धनिया की चटनी,
सुनाती थीं, जीवनकथा—
राह के वन-पहाड़ लाँघकर, कैसे वे उतना कुछ बनीं,
जो अब, वे हैं!
स्वाति-सपना की जोशीली तरुणाई, उस्त्री का उच्छ्वास,
घर-द्वार में गूँजता था, ढोल पर पड़ते थापों की तरह!
शर्मिला नामक औरत, रटी हुई ढेर-ढेर कविताएँ दुहराते हुए,
उजला देती थी शामें!
अतिशय प्यार में डूबी थी, शर्मिला! बेहद अपनी थी शर्मिला!
वर्धमान से आ पड़ते थे जयप्रकाश,
हाथों में सीताभोग, महीनदाना, चेहरे पर सलज्ज मुस्कान!
अचानक उदय होता था, रंजन,
जिसके हँसी-मज़ाक़ में ज़िन्दगी थिरकती थी!
अमिताभ की वह डूबी-डूबी तीखी बरसात,
सुव्रतमय वे तमाम-तमाम दिन!

बर्फ में जमते हुए उस कँपकँपाते निर्वासन में,
अगर ये तमाम दिन ही मुझे देंगे उत्ताप, तो यही सही!
जंगीपुर से आते थे गयासुद्दीन,
चौबीस परगना से मुज़्जफर,
तैरते थे सपने, हमारी आँखों के सरोवर में,
सत्य-सुन्दर के अविश्वसनीय सपने!

देश से आते थे भाईजान, शैशव लिये ढेर भर,
उठा लाते थे, अपने कन्धे पर, मेरे गाँव का घर!
भाई के बदन में महकती थी केवड़े की खुशबू,
अब केवड़े की खुशबू ही अगर देगी उत्ताप, तो यही सही!
दूर परदेश में जम-जमकर बर्फ़ होती मैं!
आख़िर और कौन बचाएगा मुझे,
अगर यादें भी न दें साथ?

वे तमाम दिन-2

मशहूर लोगों के साथ, मेरा उठना-बैठना कभी नहीं था।
नामी-गिरामी लोग ख़ास फटकते नहीं थे,
मेरे इर्द-गिर्द, कभी, किसी दिन!
इसीलिए शहर में रहा करती थी मैं,
अपने ही ढंग से, अपने में मगन,
अपने मुताबिक, माटी पर, माटी-से लोगों के संग!

आमतौर पर, सहज आम लोग ही हैं, मेरे स्वजन!
जग्गू बाज़ार का मोटिया-मजूर, सब्ज़ीवाला, गौतम,
मछली की दुकान का जोगेश, शम्भू,
पीतल का बटखरा लिये बैठा धाकड़ कारोबारी,
मछली काटते हुए, जीशीले-फुर्तीले छोकरे,
दार्जिलिंग टी स्टॉल का वह हँसमुख मानस,
धनंजय धोबी,
दूर मंगलपुर से चलकर आयी हुई मंगला,
सोनारपुर की सप्तमी,
—इन सबको छोड़कर, भला कहाँ, किसके पास जाऊँ?

उधर कजरारी आँखोंवाला—कृपा,
शेष होकर भी, शेष न होने वाला-अशेष,
प्रतिमा जैसी, मूना की मुखश्री,
कल्याणी से दौड़ती आयी—गार्गी।
मानसी नामक उस लड़की की,
मुझे एक बार छूकर देखने की साध,
—इन सबको छोड़कर, आख़िर मैं कहाँ, किस निर्वासन में जाऊँ?

आँगन की घास पर खिले हुए चितचोर फूल,
‘माली भाई, ओ माली भाई, उस फूल का क्या है नाम?’
कितने ही दिन, गाल भर हँसकर, माली ने जवाब दिया–
‘इस फूल का तो कोई नाम नहीं होता, दीदी!’
दिशा-दिशाओं तक, कितने ही बाग़-बग़ीचों तक,
खुशबू बिखेरते हुए,
जाने कितने ही नामहीन फूल,
–इन्हें छोड़कर, आख़िर में कहाँ, किसके पास जाऊँ?

दिशा-दर्शन

उधर ऐश्वर्य
उधर यश, ख्याति
उधर सम्मान
उधर गणतन्त्र
वाक् स्वाधीनता!
उधर मुक्त-बुद्धि
मानवाधिकार!
उधर स्वस्थ सद्भाव,
समता!
उधर निश्चयता
सुरक्षा
उधर युक्तिवाद
उधर जीवन!

इधर दरिद्रता
इधर दूषण
दुःशासन!
इधर सत्रास
सुरक्षाहीनता
पराधीनता।
इधर निर्यातन
इधर धर्मान्धता
जड़ बुद्धि!
इधर वैषम्य
इधर आन्तक

अनिश्चयता
मृत्यु!

दुनिया कहती है—उधर जाओ, ज़िन्दा रहो!
उधर है, संवदेना, स्वर्ण पदक,
इधर अवज्ञा! इधर अपमान!

मैंने चुन लिया इधर को ही,
अपना स्थान!

कौन हैं वे लोग?

जिन लोगों के साथ जीने के लिए, मैं पड़ी हूँ अन्धे कुएँ में,
बैठी हूँ इन्तज़ार में पलकें बिछाये,
हालाँकि गुज़रते हैं एक-एक पल, सुदीर्घ युग जैसे,
फिर भी करती हूँ इन्तज़ार!
जिन लोगों के साथ जीने के लिए, मैंने त्याग दिया आनन्द-उत्सव,
जीवन-यापन,
समाज संसार,
आज़ादी!
जिन लोगों के साथ जीने के लिए, मैं गला रही हूँ देह,
धज्जी-धज्जी होने दे रही हूँ मन!
जिन लोगों के साथ जीने के लिए, उँड़ेल रही हूँ आँसू, हर रोज़,
निःसंगता के बदन पर;
रात-रात भर बहाती हूँ आँसू टप्! टप्!
छीजती जा रही है उम्र!
जिन लोगों के साथ जीने के लिए, मैंने रचा-गढ़ा,
अपनी उम्मीदों का विराट राजप्रासाद,
आख़िर कौन हैं वे लोग?

वे लोग क्या मुझे एक बार भी करते हैं याद?
कभी अचानक? किसी भी दिन?
किनके संग जीने के लिए,
भयंकर दंतियलों के ख़िलाफ़,
बिन्दु भर चींटी होने के बावजूद,
उतरी हूँ जंग में?
क्या उन्हें भी प्यार करना आता है, मेरी तरह?
सच ही, क्या वे लोग भी करते हैं प्यार?

दूरदृष्टिहीन

मेरी निगरानी में तैनात हैं जो पहरेदार,
विस्मय-विस्फारित नज़रों से मुझे घूरते हैं बार-बार,
जाने क्यों तो पड़ी हूँ अकेली-अकेली कालकोठरी में,
छोड़ आयी अपनी दुनिया-जहान, दूर कहीं अतीत में,
बूझ न पाने की लाचारी में, आँखों में अचरज भरे,
शायद हमदर्दी में कँपकँपाते हैं, एकाध बूँद आँसू!
कानों-कानों में पूछते रहते हैं सवाल,
कौन जीता है, यूँ आज़ादीहीनता में निढाल?

मैं क्या समझती नहीं? समझती हूँ—
अकेले, अँधेरे में बैठे-बैठे,
अन्दर ही अन्दर बढ़ता जाता है, असाध्य रोग
आख़िर कहाँ से मिला, मुझे इतना सब्र?
सब्र के इम्तहान में आख़िर कौन कहायेगा बदनाम?
कौन लेगा इम्तहान? कौन मानेगा हार?
क़ैद किया है मुझे, क्षुब्ध सरकार ने,
परीक्षा मेरी नहीं, उनकी है इस बार,
देखूँ, कितने दिनों में करूँगी ज़हरवाद पार!

टूटा अगर सब्र का बाँध, होगा सर्वनाश!
कोई फ़ायदा नहीं, तानकर फ़ौलाद की लगाम!
फिलहाल कर रहे हैं, धर्मवाद की खेती, वे लोग,
बाद की बात, बाद में। राजहंस बाद में!
बूँद-बूँद सब्र टपकाकर, गुज़रने देंगे साल-दर-साल!

कैसे है यह बर्दाश्त-जोग?
पूरा का पूरा निगल लेंगे, तिमि जैसे लोग!

चलो, माना कि क्षीण हैं मेरी उम्मीदें, आजकल
किसी दिन उन्हें ही भरना होगा अपना घर,
धर्मवाद की अन्धाधुन्ध फ़सल!
भरे जाएँगे सा-रे घर, उन विषधरों से!
दूध-केला खिलाकर, पाले हुए काल-साँप,
एक-एक को खा-चबा डालेंगे, एक दिन!
वह दिन अब ज़्यादा दूर नहीं,
उन्हें होगा अहसास, जिस दिन,
होते रहे हैं वे लोग धोखाधड़ी के शिकार!
लोग जानेंगे उस दिन, धाकड़ राजनीतिज्ञ ही,
करते रहे हैं सबको, मनोबलहीन! दूरदृष्टिहीन!

पराधीनता

तजुर्बे की ख़ातिर कम से कम, एक बार,
निर्वासन का जीवन जीना, बेहद दरकार!
अगर झेली न जाए थोड़ी-सी पराधीनता,
कैसे और कौन समझेगा, क्या होती है स्वाधीनता,
कौन देगा सम्मान?

स्वाधीनता के लिए जंग लड़ना, मेरे बचपन की आदत,
मैंने समझा है इसका गहरा अर्थ, इसकी ज़रूरत!
चूँकि मैंने देखी है ज़िन्दगी, अस्तु जी-जान से वापस माँगती हूँ—
ज़िन्दगी की छाँह,
वर्ना औरों की तरह मैं भी लेती, पराधीनता में पनाह!
यूँ पराधीनता भी आम घरों में मर-खपकर, सड़-गल जाती है,
ज़िन्दगी भर नहीं जान पाते वे लोग, कितने हैं असहाय!

जंग करके ही समझाना चाहती हूँ, जंग है ज़रूरी, सही
चाहती हूँ, सबको मिले स्वाधीनता, सिर्फ़ अपने लिए नहीं,
अगर खुद नहीं तोड़ीं अपनी बेड़ियाँ, नहीं आयेगा कोई दूसरा,
भला ऐसा कौन है इन्सान, जो देता है साथ, प्यार भरा!

धनतन्त्र ने मुझे फाँस लिया, किया है झूठ का जय-घोष,
पुरुषतन्त्र ने किया है क़ैद, लाखों-लाखों औरतों को, बन्दिनी वेश में,
धनतन्त्र के हाथों बिकते हैं हज़ारों-हज़ारों लोग,
स्वाधीनता अतिशय दुर्लभ है, इस अभागे देश में!

छिः

भले मैं जेल में बन्द रहूँ, क्या फ़र्क़ पड़ता है किसी को?
ऐसे तो जाने कितने-कितने लोग हैं, जेल में बन्द!
मैंने नहीं किया कोई गुनाह, इससे भी क्या फ़र्क़ पड़ता है किसी को?
जाने कितने ही बेकसूर, भरे पड़े हैं, कितनी ही जगह!
जाने कितने ही बेगुनाहों को चढ़ा दी जाती है फाँसी;
कितनों को उम्रक़ैद, हर दिन!

मैं हूँ कारावास में, कौन-सी बड़ी बात है?
कोई नयी बात भी नहीं!
अलग-अलग देशों के अनगिनत हुक्मरानों ने
जुल्म बरसाया है, ढेरों लेखकों पर!
नहीं, कारावास भी कुछ अनोखा या अभिनव नहीं–
ऐसा कहते हैं, जिम्मेदारी से बचनेवाले बड़े-बड़े लोग!

अचानक कहीं होती है रहस्यमय मौत!
ख़बर छपती है–'आख़िरकार आफ़त विदा हुई!'
क्या फ़र्क़ पड़ता है किसी को, इस ख़बर से भी?
कितने लोग हैं, जो ठिठककर जानना चाहेंगे, मौत की वजह?
प्रतिवाद-जुलूस में भी शामिल होंगे,
कुल्लमकुल पन्द्रह-बीस लोग!

हाँ, तजुर्बों ने मुझे अमीर ज़रूर बनाया!
क्षमता को पहचानते हैं, कमोबेश हम सभी लोग!
निर्वासन में जाए बिना, क्या होती है इन्सान की पहचान?
इस मेरुदण्डहीन मुल्क में, यह सोचते हुए शर्म आती है,

इसी देश में, इतने प्यार से रसी-बसी हूँ मैं,
बस, अन्तस में रसे-बसे रहेंगे,
गिने-चुने चंद सच्चे और साहसी लोग,
जब तक मैं ज़िन्दा हूँ!
इस देश से इससे ज़्यादा और कुछ नहीं हासिल,
कुछ भी नहीं!

नाम

किसी सीधे-सरल इन्सान को लेकर खेल रहे हो राजनीति, तुम लोग!
बर्दाश्त-बाहर हैं, उसकी सीधी-सच्ची बातें,
तुम्हें कतई पसन्द नहीं उसकी ईमानदारी!
कर दिया है उसे राज्य से निर्वासित!
उसे अचानक घर से उड़ाकर,
झूठमूठ का डर दिखाकर,
खींच ले गये उसे हवाई अड्डे तक!
घर-द्वार जैसा पड़ा था, पीछे पड़ा रह गया!
पढ़ रही थी जो किताब, उसका पन्ना खुला पड़ा है, अभी भी! उसी तरह!
लिखने की कॉपी भी, उसी तरह अधखुली;
अब तक तो सूख चुकी होगी स्याही भी, खुली पड़ी कलम की निब की!
तुम लोग चाहते हो, सूख जाए, लेखक की कलम की स्याही,
तुम लोग चाहते हो, लेखक क़दम भी न रख पाये, लिखने के कमरे में,
लेखक को कर रखा है क़ैद, इस तरह!
जैसे वह कोई घृणित हत्यारा हो,
जैसे वह फाँसी का सज़ायाफ़्ता कोई मुजरिम हो!
वैसे ही, मुझे भी रख छोड़ा है काल-कोठरी में!
कहाँ, किस गुफा में ठूँस रखा है, किसी को ख़बर तक नहीं होने देते,
दुनिया के किसी भी बन्दे को नहीं,
मुझे भी नहीं!

तुम नहीं चाहते लेखक कुछ सोचे,
तुम नहीं चाहते लेखक कुछ लिखे,
तुम नहीं चाहते लेखक ज़िन्दा रहे!

ख़ैर, तुम्हें क्या फ़िक्र?
तमाम-तमाम लेखक हैं तुम्हारे वश में,
तमाम इतिहासकार, तुम्हारे पाले हुए!
स्वर्णाक्षरों में लिखेंगे ही तुम्हारा नाम, इतिहास में!

गुड्बाइ इण्डिया

सभी बैठे हैं इन्तज़ार में, मेरी जुबान से सुनने के लिए, एक शब्द!
प्रतीक्षारत हैं, सुनने के लिए, एक वाक्य;
सुनने के लिए, दो शब्द
कुल दो शब्द!
आतंक से
भय से
विवर्ण हुए
काठ हुए!
कह दूँ मैं किसी दिन—गुड्बाइ इण्डिया!

दिन गुज़रे,
सप्ताह गुज़रे,
माह भी गुज़रे! गुज़रते रहे माह-दर-माह!
मेरे चेहरे पर गड़ी हैं, कई सौ लाल सुर्ख नज़रें,
कई सौ वर्ष पहले, बन्द पड़ी पुरानी घड़ी के काँटों की तरह थिर!
दांयें-बांयें, ऊपर-नीचे—हर ओर,
चमगादड़ के कानों की तरह उत्सुक कान,
सुनने के लिए, सर्वाधिक मधुर शब्दद्वय—
गुड्बाइ इण्डिया!

फिलहाल मैं हरगिज नहीं लाऊँगी ये युगल शब्द,
अपनी जुबान पर!
अभी भी मुझे भरोसा है, सच में,
ईमानदारी में,
विश्वास है सौन्दर्य में

कला में,
सहमर्मिता संवेदना में!

जिस दिन मुझे कहना पड़ा, ये युगल शब्द
अगर मुझे कहना ही पड़ा...
जिस दिन उमड़ेंगी दो-चार हिक़ारतें—हहरायेगी सुनामी!
अगर सुनामी हहरा ही उठी...
जिस दिन इन्सानियत को पैरों तले कुचलकर,
इन्सान उड़ायेगा, शहर-नगर में, धर्मान्धता के निशान!
जिस दिन मैं अपने ही ख़ून पर बहती रहूँगी, लाश बन कर,
खोद-खोद खायेंगे चीलों के झुण्ड, मेरा अन्तस
उस दिन, गहराई हो, आधी रात!
मुझे देखना न पड़े देश का चेहरा!

देखना न पड़े दुपहरिया का शान्त पोखर
आम पेड़ों की छाया, दुपहर की धूप!
मैं भूल जाऊँ, कभी इस देश से
मेरा कोई रिश्ता-नाता था!

अभी भी, मैं हरगिज नहीं लाऊँगी, अपनी ज़ुबान पर, ये दो शब्द—
अभी भी मैंने जी-जान से पत्थर बना रखी है अपनी ज़ुबान!
नहीं मैं नहीं लाना चाहती, ये दो शब्द, अपनी ज़ुबान पर
अभी भी चाहती हूँ, हो प्यार की जय,
जय हो प्यार की!

भारतवर्ष का उपहार

अन्तस में भारत था,
भारत से यह बर्दाश्त नहीं हुआ!
चूँकि बर्दाश्त नहीं हुआ, इसलिए मुझे दी सज़ा,
सज़ा—हृदय-रोग!
आँखों में भारत का सपना था,
बर्दाश्त नहीं कर पाया भारत!
चूँकि बर्दाश्त नहीं हुआ, इसलिए मुझे दी सज़ा,
सज़ा—अन्धापन!
ताकि हृदय रोग के अलावा, मैं और कुछ न पाल सकूँ,
आँखों के अन्धेपन के अलावा, और कुछ भी न हो मेरे पास!

आज तक किसी ने भी नहीं दी, इतनी बड़ी सज़ा!
भारत ने जितना किया है मेरा नुकसान, इस साढ़े सात माह में
दुनिया के तमाम धर्मान्ध कट्टरवादी मिलकर भी,
उसका तिल भर भी नहीं कर पाये, दीर्घ दो युगों में!
बांग्लादेश ने किया मुझे बेघर!
बेहद तकलीफ हुई मुझे, देश-देश करके मैं रोयी बेभाव,
उस देश में भी, नहीं की, यूँ तिल-तिल करके मेरी हत्या,
उस देश ने भी नहीं दी मुझे, मौत जैसी सख़्त सज़ा!

भारत को प्यार करने की सज़ा,
झेलनी पड़ी अपनी जान दे कर
बुझ गये ज़िन्दगी के तमाम चिराग़
सूख गया प्राण-रस, ज़िन्दगी अब, तिनका-तिनका ख़ारिज!
अब, कन्धे पर आ बैठी है, शकुन-सी भयावह मौत!

नज़रों के सामने दाँत चमकाती, खड़ी है बीभत्स मौत,
भारत को प्यार करने का विराट उपहार!

मैंने तो चाहा था, दूर करूँ, इन्सान का अन्धापन,
चाहा था, इन्सान के मोहर जैसे मन से,
उखाड़ फेंकूँ वैषम्य, हिंसा, अन्धकार और
अस्वस्थता की जड़ें!
रोप दूँ प्यार का बिरवा!
मेरी चाहत की सज़ा दी है, प्रिय भारत ने!

समूची दुनिया में भी, नहीं थी इतनी ताकत,
कि मुझे इतनी बड़ी मौत दे,
समूचे जहान से भी ज़्यादा शक्तिमान, अकेला यह भारत!
इस विराट शक्ति के आगे नतमस्तक हो कर, पूजा करो तुम सब,
दो क्षमता को आशीर्वाद कि वह दीर्घजीवी हो।

मेरे पराजित होने पर, जितनी जय होगी धर्मान्धों की,
उससे कहीं ज़्यादा होगी भारत की,
आज मेरी मौत भी हो जाये, तो जितनी जय होगी धर्मान्धों की
उससे कहीं ज़्यादा होगी भारत की!
आज, ओ भारत, करो जयध्वनि!
आज आया है समय, जयध्वनि का!
एक अनाथ-असहाय लेखिका को,
एक मानवीय इन्सान को,
साढ़े सात माह की जंग में दिया है, मौत का उपहार
सच, तुम भयावह रूप से जीत गये, भारत,
तुम्हारा अभिनन्दन! मुबारकें!

□□□